微阅读
1+1工程
第六辑

WEI YUEDU
1+1 GONGCHENG

闻香识女人

蔡中锋

百花洲文艺出版社
BAIHUAZHOU LITERATURE AND ART PRESS

图书在版编目（CIP）数据

闻香识女人／蔡中锋著 . —南昌：百花洲文艺出
版社，2014.9

（微阅读1+1工程）

ISBN 978 - 7 - 5500 - 1047 - 5

Ⅰ.①闻… Ⅱ.①蔡… Ⅲ.①小小说—小说集—中国
—当代 Ⅳ.①I247.8

中国版本图书馆 CIP 数据核字（2014）第 184650 号

闻香识女人

蔡中锋　著

出　版　人：姚雪雪

组稿编辑：陈永林

责任编辑：刘　云　龚晴瑜

出　　　版：百花洲文艺出版社

发行单位：全国新华书店

印　　　刷：北京一鑫印务有限责任公司

开　　　本：787mm×1092mm　1/16

印　　　张：12

版　　　次：2016 年 1 月第 2 版

印　　　次：2016 年 1 月第 2 次印刷

字　　　数：128 千字

书　　　号：ISBN 978 - 7 - 5500 - 1047 - 5

定　　　价：29.80 元

赣版权登字：05 - 2015 - 32

邮购联系：0791 - 86895108

网址:http://www.bhzwy.com

图书若有印装错误，影响阅读，可向承印厂联系调换。

前　言

以"极短的篇幅包容极大的思想"，才能够以小胜大，经过读者的阅读，碰撞出思想的火花，震撼人的心灵。正因为这样，微型小说成为一种充满了幽默智慧、充满了空灵巧妙的独特文体。

如果说在二十一世纪的头一个十年，是互联网大大改变了我们的生活，那么在我们正在经历的第二个十年里，手机将更为巨大地改变我们的生活。如今，以智能手机为平台，正在构成一个巨大的阅读平台。一种新的阅读方式正不知不觉地走进大众的生活。一个新的名词就此产生，它便是"微阅读"。微阅读，是一种借短消息、网络和短文体生存的阅读方式。微阅读是阅读领域的快餐，口袋书、手机报、微博，都代表微阅读。等车时，习惯拿出手机看新闻；走路时，喜欢戴上耳机"听"小说；陪人逛街，看电子书打发等待的时间。如果有这些行为，那说明你已在不知不觉中成为"微阅读"的忠实执行者了。让我们对微型小说前景充满信心和期待的是，微型小说在微阅读的浪潮中担当着极为重要的"源头活水"。

　　肩负着繁荣中国微型小说创作、促进这一文体进一步健康发展的责任和使命，微型小说选刊杂志社推出了"微阅读1+1工程"系列丛书。这套书由一百个当代中国微型小说作家的个人自选集组成，是微型小说选刊杂志社的一项以"打造文体，推出作家，奉献精品"为目的的微型小说重点工程。相信这套书的出版，对于促进微型小说文体的进一步推广和传播，对于激励微型小说作家的创作热情，对于微型小说这一文体与新媒体的进一步结合，将有着极为重要的作用和意义。

编者

2014 年 9 月

目　录

兄　弟

　　兄弟，哥哥今年已经 95 岁，如果你还活着，也已经 90 岁了！

　　兄弟，这 66 年来，哥哥每年的今天都会来这儿看你一次，因为今天，既是你的生日，也是你的忌日。

　　哥哥清楚地记得，在 66 年前的今天的那个黄昏，我亲口下达了一道命令，正是这道命令，让你和我手下的 100 多个生死与共的弟兄瞬间失去了生命。

　　但是，对于我下达的这道命令，我至今一点也不后悔！

　　哥哥老了，记忆力现在已经大不如前。在哥哥活着的这 95 年间，经历了很多很多的事，这些大大小小的事情，哥哥感觉就像天空中的云彩一样，过去了就过去了，多数没有了什么记忆，但最近哥哥却总是梦见你，梦见 66 年前的今天的那场战斗。

　　哥哥长你 5 岁，从你生下来，就成了哥哥的小尾巴。在 1938 年的时候，爹娘都让日本人给杀了，那一年年底，哥哥参加了八路军，你也跟着哥哥当了一名军人。从此，哥哥南征北战，参加了无数的战斗，每次都把你带在身边。你作战勇敢，还认识不少字，部队领导对你很器重，哥哥也为你感到自豪和骄傲。哥哥总觉得，如果你那次不战死，一定会前途无量，为我们老陈家光宗耀祖。

　　那是一场怎样的战斗呢！

　　那天，对，是 1945 年 5 月 22 日夜里，我接到上级的命令，必须在明天天黑之前拿下日本兵据守的 723 高地。接到命令之后，我带领炮兵排和手下 800 多名弟兄就连夜出发了。到了天明的时候，赶到了前沿阵地。

　　723 高地是日本人经营多年的一个老据点，工事非常牢固。我命令炮

兵先对其进行了猛烈的炮击，但雨点般的炮弹落在 723 高地上，却感觉一点效果也没有。我只好命令兄们发动强攻。

在一天的时间里，我指挥部队向 723 高地发动了四次冲锋，弟兄们在日军机枪猛烈的扫射下，一片一片地倒地。到黄昏的时候，这 800 多名弟兄，已经只剩下不足 400 人。

在黄昏到来的时候，我将这些弟兄们召集了起来，下达了死命令：这是最后一次冲锋。这次冲锋绝对不能再后退，就是剩下最后一人，也要攻上去！

我先让炮兵作了一下掩护。炮声一停，兄弟你立即带领大家发起了第五次冲锋。这次冲锋，弟兄们终于冲到了日军工事的最前沿。日本军人见状，也立即全部跃出工事，和弟兄们展开了肉搏战。

后来我才知道，其实守在 723 高地上的日本军人只有 100 多人，但他们个个受过专业的军事训练，有着很好的体能和搏杀技术。而我们冲上去的这 300 多个弟兄，由于平时作战任务重，基本上都没有进行过系统的专业训练，不少人还是刚刚入伍的农民兄弟，没有一点实战经验，再加上平时给养又跟不上，体能较差，所以在肉搏战时，根本不是人家的对手。

不一会的工夫，冲上去的这 300 多名弟兄，又倒下了一半多。眼看着一个又一个的弟兄们死在日本兵的刺刀下，我的心如刀割。

如果肉搏战再这样打下去，很快我的这些弟兄们就会被日本人全部杀光！然后，他们就会退回到坚固的工事里去。而我的手下只剩下了这几十名炮兵！已经无法再发动第六次冲锋！

我果断地下达了命令，让炮兵排集中所有的火力，对 723 高地进行全力射击！

所有的炮兵都疑惑地望着我，炮兵排长更是直接将心中的疑问说了出来："那儿还有我们的兄弟们在和鬼子拼命啊?!"

我毫不犹豫地说："执行命令！打！"

炮兵们开炮了，22 门大炮一起打向了 723 高地。炮兵们在开炮时都背过了身子，不忍心往阵地上看……

几分钟后，战斗就彻底结束了。100 多名日本军人被全部歼灭，而我

们在阵地上的弟兄们也无一人幸免。

我们按时完成了这次作战任务。然而对于这场胜利，却没有一人笑得出来。我手下的 800 名步兵全部战死，而最后那 100 多名兄弟，却是在和敌人拼命时，死在了自己人的炮火之下！

但是对于我下达的这道命令，我却始终没有一点的后悔。为了打击侵略者，保卫我们的祖国，个人的生死算得了什么？

我带领炮兵们走向了 723 高地，战场上一片死寂，到处都是零乱的尸体残块。兄弟，哥哥特意找了很久，就连你的尸体的影子也没有找到。哥哥清楚地记得，这天，正好是你 25 岁的生日。后来，按照上级领导的安排，你们这 800 名士兵就被一块埋在了这片高地上。建国之后不久，还在这儿为你们建起了烈士陵园。

关于这座集体坟墓，还有一个不为外人所知的军事秘密，那就是在这座集体坟墓里，除了埋有你和这 800 名其他的兄弟外，也埋有不少日本军人，因为在猛烈的炮火轰击之后，已经很难将你们的尸体分开了。

这场战斗是当年哥哥所指挥的对日军的最后一战。这次战斗结束后不久，日本天皇就宣布无条件投降了。现在，早已没有了战争，哥哥想，你们这 800 名弟兄和那 100 名日本军人，在地下也一定能和睦相处了吧。

最近哥哥总感觉身体很不好，大约离大去之期已经不远了。这也许是我最后一次来看你。但这样也好，我已经留下遗嘱，等我死后，就让他们将我埋在这儿。这样，我就能和你们这帮弟兄们天天在一起了。如果你们愿意，就还做我的部下。现在我们伟大的祖国强大起来了，我也一定会将你们训练成以一当十的精兵强将，当神圣的祖国需要我们的时候，我仍会像 66 年前那样，指挥着你们去冲锋陷阵！

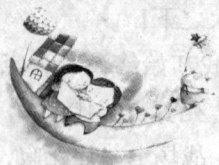

我的马

二十年来，我和瑞恩一直从事着同一种工作。

每天早晨六点钟的时候，我先骑着瑞恩来到日报社，见到报社分发报纸的玛俐开个玩笑："亲爱的玛俐，你又比昨天漂亮多了，今天就嫁给我吧！"玛俐就会笑笑说："这辈子你就别想了，等下辈子吧，下辈子我一定嫁给你！"然后她就会将二百二十份日报放进我的马鞍后面的两个报袋里。

到了八点钟的时候，我和瑞恩就会赶到布鲁克维镇，这个小镇上共有二百二十位居民订阅了日报，我负责将报纸送到他们家里去。虽然这二百二十位订户住得非常分散，路况也十分复杂，但是在每天的午饭前，我总是可以准时地将当天的报纸全部送到每个订户的家中。

时间长了，我和这个镇上所有的订户都熟悉了，如果他们有事不在家，一般都会给我提前打个招呼，让我第二天不用送报了，两天或几天的一块送。

有一天，我来到了第十九位订户玛蒂尔德家，像往常一下大声地喊叫："亲爱的玛蒂尔德小姐，你的报纸来了！"但过了很久，七十岁的玛蒂尔德的家里却没有任何动静，到了送完报回家的时候，我再次来到她家，仍然没有喊叫到人，我感觉不对，就报了警。待警察赶到她的家里，发现她已经昏迷了一天多了。

还有一次，我发现老莱特的报箱已经塞不进报纸了，显然他得有三四天没有开过报箱了，我就找来了人到他家里去看看，结果发现老莱特已经卧病在床好几天了。

这个时代发展得真快，五年前，报社为了提高送报的效率，给每位

投递员都配备了一辆送报专用摩托车，燃油维修等费用全部由报社出。但是我坚决不骑摩托车，仍然坚持天天骑着瑞恩送报，并保证在每天的午饭前一定按时将所有的报纸都送到订户的手中。结果，我后来成了全县乃至全市唯一骑马送报的人。

慢慢地，我老了，瑞恩也老了。

有一天，报社总编亲自找到我："对不起，马尔克斯。我们现在要求在每天的十点钟前都要将当天的报纸送到各位订户手中，你已经无法办到，而你又坚持不骑摩托，所以，你被解聘了！"

我听了，非常伤心："没有了工作，我和瑞恩都会被饿死的！"

总编说："送报纸时效性强，所以，你才不适应。你们不送报纸，还可以干点别的事嘛！"

我说："我虽然睁着眼睛，看起来和正常人没有什么区别，但是却已经双目失明十年了，这十年，全凭瑞恩能认路，我才能准时地将这二百二十户的报纸送到订户家中。如果我和瑞恩不干这工作，我们还能干些什么呢？"

总编听了，很是吃惊："噢，是这样啊！那我们再商议一下你工作的事吧！"

到了晚上，总编通知我，我又可以继续我的工作了。

第二天早六点，我刚进报社的大门，就听玛俐带领着大家一齐向我和瑞恩打招呼："马尔克斯，早上好！瑞恩，早上好！"

我感到很奇怪，忙问："玛俐，今天，你们这是怎么了？"

玛俐激动地说："你和瑞恩的事迹上了今天日报的头版头条了！你们真了不起！"

不久，玛俐就嫁给了我，然后又辞去了分发报纸的工作，天天骑着摩托带上我一起去送报纸。因为，现在，瑞恩真的太老了，已经无法按时将报纸送到各位订户的家中了。

市长的自行车

一个月前，我刚到市政府报到的头一天，政府办公室张主任就将我叫到他的办公室里："这些日子你不用正常来政府上班了，交给你一项特殊任务！"

我忐忑不安地问："我刚来，什么也不懂啊，特殊的任务我能完成得了吗？"

张主任说："你能。当然，你必须要上心，这可是大事，是政治任务！"

我说："那请您安排吧！"

张主任说："事情是这样：王市长也是刚来我们市上班没几天，昨天中午他悄悄地对我说，他这些日子不上报纸，不上电视，要趁大家还都不认识他，骑着自行车到大街小巷兜兜圈子，搞搞调研，体察一下民情。我昨天下午已经买好了三辆型号一模一样的自行车，车锁的型号也是一样的，同时，我也对这些锁做了特殊处理，市长的钥匙可以打开这三辆车子上的锁。"

我问："为什么要买三辆自行车？王市长要私访，给他买一辆不就行了吗？"

张主任说："是这样的，给市长买自行车，当然得买好点的，起码得两千以上的吧？可是好自行车，在我们这儿很少能用上三天不被偷走的！可是这种情况又不能让刚来的王市长知道，所以得买三辆以上！"

我不解地问："可是，就是买了三辆，王市长也不能一下子骑三辆呀，他骑着的那辆被偷走了，他还是会知道的！"

张主任说："所以，你的任务就是，每天一大早，大约是五点来钟吧，总之，是在市长起床之前，要骑着一辆同样的自行车，先去他所住

的小区看一看，如果市长的自行车不见了，你就马上把这一辆放在市长昨天夜里所停的原来的位置！不能出任何差错。另外，如果市长骑着自行车去调研，你也要骑着同样的自行车远远地跟在他后面，千万不能让他发现你，切记！"

我问："您是不是让我给他当保安？"

张主任说："不是。如果市长停下车和别人交谈，或是将车子停在超市、酒店什么门口，一不留神，就会有人偷他的车！"

我兴奋地说："如果是这样，我就大喝一声，将那个小偷抓个现行！"

张主任严肃地说："绝对不行！你看着小偷偷市长的车，千万不要声张。你一声张，市长不是就知道有人偷车了吗?！待小偷推走了车子，你立即将你骑的这辆放在原来的位置！千万不能让市长发现！你有信心完成任务吗？这可是组织上对你的考验！王市长还没有和你照过面，所以，这个任务才安排给你。"

我拍了一下胸脯说："保证完成组织上交给的任务！一定不会让市长发现！"

从第二天开始，我就天天早出晚归，时刻注意着王市长和他的自行车的动向。每次王市长的车子一被盗，我就立即悄悄地补上一辆，自行车不够的话，张主任就再去买新的。在一个月的时间里，我先后为王市长补了十辆新自行车。

今天一上班，张主任就又把我叫到他的办公室里："王市长的调研工作结束了，你的任务完成得很好！在昨天召开的市政府工作会议上，王市长还特意对咱市的治安状况提出了表扬！"

紧急电话

看着办公室外面倾盆似的大雨，赵县长突然想起了一件事情，前几天他收到一封群众来信，信中说县政府上游的长兴河大堤有几处险情，如不及时治理，怕会酿成大祸。他当时太忙，对此也没有太在意，今天看到雨下得这样大，就忽然想起了这件事。

赵县长拿起桌上的电话，准备给驻守在大堤旁的工程师老郑打电话，号码拨了一半，他突然觉得不太妥当，就停了下来，改拨了钱副县长的电话。钱副县长占线，拨了十来分钟才拨通，接了电话，钱副县长忙说："请赵县长放心，我这就去问一下情况！问清了立即向您回报！"

钱副县长拿起桌上的电话，准备给老郑打电话，号码拨了一半，也觉得不太妥当，就停了下来，改拨了政府办公室孙主任的电话。孙主任也占线，又拨了许久才拨通，接了电话，孙主任忙说："请钱县长放心，我这就去问一下情况！问清了立即向您回报！"

就这样，孙主任又给水利局李局长打了电话，李局长又给周副局长打了电话，周副局长又给吴科长打了电话。他们手头都有老郑的电话号码，但他们都没有直接给老郑打。

吴科长一下子就拨通了老郑的手机，老郑急切地回报："我打你的电话想向你回报情况，打了老半天也没有打通！我们这儿已经十万火急！急请调拨大量人力物力救险！再晚就来不及了！"

吴科长接了电话，就向周副局长打电话回报，周副局再向李局长打电话回报，李局长再向孙主任打电话回报，孙主任再向钱副县长打电话回报，钱副县长又向赵县长打电话回报。赵县长听完汇报，立即下达了指示："紧急调拨救灾物资抢险！"

　　救灾命令还没有由赵县长层层传达到老郑，县政府大楼下面突然一阵骚乱，只听有人大喊："不得了了，长兴河决堤了！前面的乡镇全泡在水里了，大水淹到县政府了！大家快往楼上跑啊！"

　　从窗口看到猛涌进县政府大院内的洪水，赵县长一下子跌坐到沙发上。此刻的他只想到了一个词：责任追究！

学无止境

有一天，小王的老婆发现小王买了一副麻将和一本《麻将入门》，一个人关在书房里摆弄，就对他说："听说这东西很害人的，你玩它做什么呢？"小王说："我们单位的一把手爱玩麻将，天天陪他玩麻将的人都提拔了！我只有尽快适应新形势新任务的要求，才会有出息。"

不久，小王的打麻将技术就入门了，于是他就天天去陪领导玩。果然，只隔了两年的时间，他就被提拔成了王科长。

成了王科长之后，小王又开始在家里研究《麻将牌夺魁技巧》，他的老婆见了，就问他："你陪领导玩玩麻将，也不需要多高的技术啊，只要会输就行了，你还用心地研究什么夺魁技巧，难道你还真想赢领导的钱不成？"小王说："那倒不是，我现在正在研究如何将输给领导的钱从下面的人那儿赢回来，这样才能良性循环。"

靠着良性循环，又过了两年，小王成了一把手，他又开始拿了一本《麻将心理学》在研究，他的老婆看到了，很是奇怪，就问他："现在大家不都是输给你钱吗？你怎么还要研究什么打麻将心理学？"小王说："你真是头发长，见识短！我当这个局的一把手容易吗？下面的人那么多，你以为谁的钱都能赢呀？如果通吃，那是一定会出事情的。而要想知道谁的钱能赢，谁的不能赢，能赢的赢他多少才最合适，这本领才是最难学到手的！"

过了不到一年，小王的老婆又见小王买了一副桥牌和一本《桥牌入门》在书房里摆弄，更加奇怪："你怎么又玩起桥牌来了？"小王说："新来的刘县长喜欢玩桥牌！"

最后一道考题

省委决定将花都市定为公开选拔县长的试点单位，首先公开选拔目前正缺职的新荷县的县长。经过层层筛选，报名参与竞争的200多名符合条件的正科级以上干部只剩下了5人。

今天是五选一，也就是他们五人的最后一道关口，由于是省里的试点，将由省委组织部的王部长亲自出题考试，中选者走马上任，落选者各回原单位。

上午8点半，五名候选者都按要求赶到了县委组织部。但他们却被通知，考试时间和地点临时作了变更，时间由8点半改为了9点，地点由县委组织部会议室改为了市委组织部会议室。凡是9点前赶不到市委组织部的人，将视为弃权。

五人接到通知，立即开着各自单位的车往市委组织部赶，因为从县里到市里，即使一分钟不耽误，也得半个小时才能赶到。

五人中，有四个人按时赶到了市委组织部，但在前几关中成绩最好的平安镇的党委书记张为民却没有及时赶到。直到9点20分，张书记仍没有赶到，但考试也没有在9点准时开始。

四人都在耐心地等待，也都在暗自庆幸，一个最大的竞争对手没有及时赶到，就意味着他已经弃权，四人都感到自己入选的机会大大增加。

9点半，市委组织部的胡部长接了一个电话，接完后，他宣布："今天的考试已经结束，你们四人已经落选。新任的新荷县县长将是平安镇的张为民书记。如果你们没有其他的事，就可以回去了。"

四人非常不解，考试还没有开始，省委组织部的王部长还没有露面，而张为民也没有来参加考试，他怎么会成为唯一的入选者？所以他们四

人没有一个人回去，都在等待着组织部的人给一个合理的解释。

胡部长见大家有疑问，就说："一会儿省委组织部的王部长就会赶过来，如果大家有什么问题，可以当面问他。"

又过了十多分钟，王部长、张为民一起走进了市委组织部会议室。

四人见状，更是不解，但事关自己升迁的大事，都忍不住纷纷提出了自己的疑问。

王部长说："其实今天的考试从 8 点半就已经开始了，我出的题目就是考察你们如果当了县长，是否会将群众的利益放在首位。当你们开车往市里赶的时候，我也一直开车跟在你们后边。

"在你们来市里的必经之路，你们都遇到了一位衣着破旧、白发苍苍、满脸是血的老婆婆趴在路边向你们呼救，但你们四人却都急着往市里赶，对这位'受重伤'的老人视而不见，只有张为民停下了车，上前察看了老人的伤情。见老人伤情危机，张为民二话没说，就将老人抱上了他的小轿车往市里的一家大医院赶……

"当然，你们路上遇到的那位受伤和呼救的老人是我找了一位演员扮演的。我之所以宣布张为民最终当选，就是因为在你们五人中，只有他宁可耽误这么重要的考试，也要尽心尽力地去抢救这位和自己素不相识的普通的老百姓。

"试想：一个不顾百姓死活，一心只想着自己的人，能配当一个县的县长吗?!"

王部长的话一落地，市、县在场的领导都热烈地鼓掌。

四个落选人却都陷入了深思。

舅舅的烹调术

我的舅舅是一名烹调师，30年来一直在故乡的县政府招待所工作。舅舅的烹调技术十分高超，高档菜肴自不必说，即使是最平常不过的蔬菜，一经舅舅妙手调制，便会使人终生难忘。尤其是近几年，舅舅年高技长，在县城烹调界的名气越来越响。

上个月我回到故乡去探亲，特意绕道县政府招待所去看望多年未见的舅舅，却正赶上县里在招待所召开城市经济工作会议。全县经济实力排名前50名的各大企业的厂长经理和职工代表280多人参加会议。舅舅要准备30桌酒席，非常忙，见到我很是高兴，却顾不得招待我。我便在一旁看舅舅忙活，也跟着学点技术，长长见识。30桌酒席，工作量是很大的，但关键工序，却全是舅舅一人掌勺。舅舅做得既非常快，又十分认真。是的，这些厂长经理们整天走南闯北做生意，个个都是"美食家"，为他们做菜肴是马虎不得的。何况很多顾客之所以常到招待所就餐，正是冲着舅舅的烹调技术来的，其他师傅是无法越俎代庖的。可是奇怪的是舅舅做菜并没用很高档的材料，除了鸡、鸭、鱼、肉等外，就是一些非常常见的菜蔬。甚至还有红薯叶、毛豆角、大白菜等连老百姓待客也觉得上不得席面的东西。更使我奇怪的是，舅舅令服务员将大鱼大肉等荤菜全都端到外面大餐厅15桌职工代表的席上，职工代表们的餐桌上没上一点素菜；而里面15个雅间内厂长经理们的餐桌上则全部是素菜，没有一丝荤腥。

我是绝对相信舅舅对这些寻常蔬菜化腐朽为神奇的烹调技术的。这些蔬菜一经舅舅调制，色、香、味自然都会不同凡响。但同一次会议上的同一餐饭，职工代表和厂长经理的荤素决然不同，我却怎么也不明白

其中的奥妙。

午餐很快结束了，这30桌菜肴再一次给舅舅带来很高的声誉。

饭后，厂长经理们赞不绝口："绝了！绝了！哪里吃过如此好味道的蔬菜！"而职工代表们则边擦着嘴边油说："过瘾！过瘾！真解馋哪！能带着老婆孩子来就好了！"

上完了菜，舅舅便有了空闲，就手做了四个小菜，我们爷俩边吃边拉呱儿。我终于忍不住将心中的疑问提了出来。

舅舅笑了笑说："这其中的道理其实也很简单。这些厂长经理们整天吃的就是大鱼大肉，这些鱼肉对他们来说不但不稀罕，甚至见了就怕。咱县参加这次会议的50家企业的厂长经理中，按说要数排名第50位的红星鞋厂的冯经理生活水平最低了吧，可是冯经理生活得究竟怎样呢？他住的是小洋楼，坐的是桑塔纳，穿的是皮尔·卡丹，陪的是靓丽小姐，一年中有11个月的时间以做生意的名义周游世界各地。他天上飞的，地上跑的，水里游的，山上跳的，天南海北的珍禽异兽，什么没吃够？到了家里，又是大鱼大肉，吃不完，用不尽，有时候那几台冰箱冰柜装不了，送人又怕落影响，不得不半夜里起来拿出去扔掉。反而是我们的家乡小菜，他倒很少吃得上。别人又不送这些不值仨核桃俩枣的东西，亲自去买，又觉得有失体面，即使偷偷买来些，做出的菜自然也不见得好吃。一个不足百人的红星鞋厂的冯经理尚且如此，那些终日为减肥大伤脑筋的大企业的大厂长大经理们就更不用说了。所以给他们做些精致的家乡小菜，对他们来说就远比做大鱼大肉强得多。"舅舅停下来喝了一口酒，夹起一个鸡翅来，又说，"而那些职工则不同。在这50家企业中，已有23家的工人们8个多月没领到一分钱的工资，17家5个月没领的，另10家的工人虽然月月可以领到工资，但人均不足百元。现在物价这么高，这点钱连自己的生活费都解决不了，更难养家糊口了，对于他们来说，吃大鱼大肉那是难得享受到的事情。你看他们个个都瘦得像猴子似的！所以为他们做菜，也同样并不需要十分高档的佳肴，这全荤一餐就会令他们回味无穷了。"

听完舅舅的这番话，我豁然开朗，也对舅舅更加佩服了。你看，舅舅之所以在全县的烹调界获得那么高的声誉，绝非只是个虚名，也不全

在于他烹调技术的高超，而是在于他善于搞社会调查，精于作心理分析，能够准确地把握住顾客的全面情况，从而在烹调时可以做到因人而异，因时而化，各投所需。

几天以后，我在省报上看到了一篇通讯，题目是《会议用餐全部素食安排廉政建设已从小事抓起》，报道的正是我的故乡的那次城市经济工作会议上，舅舅做的午餐。

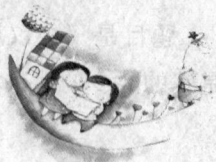

局长中了五百万

每天晚饭后，我都去离我家不远的那处福利彩票销售站买上一注彩票。多年来，我从没多买过一注，也从没中过什么大奖。

但是让我一点也没有想到的是，两个多月前，好运气却突然降临到了我的头上！

那天晚上，我路过那处福利彩票销售站的时候，又习惯性地掏出两块钱，买了一张彩票。等到晚上开奖时一对比，竟然中了五百万！

我非常兴奋，但随后却又非常担心：奖怎么去领？这么多钱怎么处理？万一招了贼怎么办？于是我决定，这件事先不要慌张，反正还有一个月的领奖期限呢，期间先严格保密，什么人也不告诉他们，待我慢慢想出了好办法再说。

更让我想不到的是，第二天下午，我刚一上班，张局长就把我叫到他的办公室里，很亲切地问我："你昨天中奖了吧？"

我非常吃惊："这、这事，您怎么知道了？我什么人也没告诉啊？"

张局长笑了笑说："今天一早，那个福利彩票销售站就放了一千响的鞭炮，庆祝他们的销售站中出了五百万大奖。今天中午，我想法子查看了安在他们门口对过的交通监控录像，在这个销售站打出五百万大奖的彩票前后各半个小时的时间里，只有你进去买过彩票啊！中奖人当然是你了。"

我有点慌张："这，这事我还正不知道怎么样处理好呢！连老婆我也没敢告诉她哩。"

张局长说："是啊，一下子得这么多钱，不见得是好事，你一定要谨慎地对待啊！你得去省里领奖，到那时你就是将全身包裹得再严实，省

里的人家也会认出你，因为你得出示有关证件嘛！回来后，更是没有不透风的墙，我能在第一时间知道是你中的奖，别人当然也能知道。到时候亲戚朋友知道了，会人人向你借钱，坏人知道了，你的钱和你家里的人怕都会有危险呢！"

我说："是啊，我也正担心会发生这种事呢。您说，我应该怎么办呢？"

张局长说："我倒有一个办法。你把彩票给我，我把奖金给你领出来，然后偷偷地将存折再给你，对外就说是我的一个朋友中奖了，反正他们那个站也只中出了一个五百万，这样，别人就不会怀疑到你了。"

我当然不能将彩票给张局长。这彩票上面又不记名，谁拿着领了就是谁的，到时候如果你张局长不给我钱，我又能有什么办法？于是我说："这，这样不好吧？"

张局长说："我知道这么大个中奖数额，彩票又不记名，你不会轻易相信别人。"

听张局长说中了我的心事，我忙说："不，不，这不是相信不相信的事啊！"

张局长说："这样吧，我已经亲笔写好了一张证明，上面写着这张彩票本是你的，由于你怕领奖途中有危险发生，委托我代你去领回奖金，领回当天，必须全额转交给你。其实我这也是为你着想啊！我让司机开着车去省里领回来钱，总比你坐公共汽车自己去要保险得多啊，你看这么办如何？"

说着，张局长就递给我了一张事先写好的证明，果然是他亲笔写的。

看我仍有疑惑，张局长说："这事你就放心好了。你想想，如果我要将你的钱昧下了，哪会给你这个证明？如果我真将钱昧下了，到时候你将证明往外一拿，我钱也要不上一分，还会身败名裂，我哪会做这种事呢！"

看我仍不想将彩票给他，张局长有点着急，又对我说："我再给你加十万如何？其实这也是我替一个做生意的朋友帮忙，他希望有个好彩头，早就给我说过，如果谁中了百万大奖，将彩票给他，让他去领奖，他不但将钱全给这个人，还会再给十万作为感谢费哩！但买中彩票的那个人

必须严格保密，不然，他去领奖也就没意思了，多给十万就更没意思了。我的意思你明白？"

我听了，简直不敢相信自己的耳朵："还有这种事？"

张局长说："是啊，你多想要这十万吗？"

我说："多要十万，谁不想啊？"

张局长说："如果你能做到到死也绝对不将此事往外说，这十万就是你的了！"

我说："我能啊，当然能。我本来就不打算往外说呢！"

张局长又说："这样你也就算帮了我朋友一把，我也会帮你的，咱局不是还缺少个办公室主任吗？这一段时间你表现好点，回头我给你报上去。"

我真的太意外了，忙站起来向张局长施礼："谢谢，谢谢！我一定跟着您好好干！"

张局长说："那好，你把彩票给我吧，我和我朋友帮你到省里去领奖。回来后就将税后的四百万奖金和十万感谢费一块给你。"

过了五六天，张局长从省里回来了，又把我叫到他的办公室里，亲手交给我一个银行卡："这里是四百一十万，你拿好，密码是123456，你拿到后将它改成你自己的密码。我给你写的那个证明，你这两天也还给我吧。"

其实那个证明这几天一直就被我带在身上，但我并没有立即给张局长。

从张局长办公室出来，我马上到银行取款机上进行了查看，千真万确，那张卡里面真的有四百一十万！我忙把这些钱全部转到了自己的卡上。

于是我就到张局长办公室里，将那个证明还给了他。

张局长接过那纸证明后，反复叮嘱我："这事要记得保密哟！"

我说："当然，当然！您就放心好了！到死我也不会对外说的！"

不久，张局长中了五百万大奖的消息，就闹得全局上下，无人不知，无人不晓了。

后来我一直想不通的是，张局长说他将那张五百万的彩票给了他朋友，显然不是真的。

那么，他为什么宁愿多花十万，也非要将我那张彩票搞到手呢？

乡长挨了一拳头

前一段时间，我从南方招商引资招来了一家大型企业，在企业落户征地拆迁的时候，遇到了钉子户杨大拿，在别人都做不通工作的情况下，我只好亲自出马。

我和杨大拿讲道理，他根本就听不进去。说着说着，我们就争吵起来。让大家都想不到的是，我和杨大拿刚争吵了没几句，这家伙却突然发疯般地冲了上来，朝我的脸上就是狠狠的一拳头，打得我鼻孔流血，两眼发黑。

我本来血压就有点高，挨了这一拳之后，又气又急又羞又怒，竟然一下子晕倒在了地上！

我被送进了县医院进行抢救，输上了液之后，很快就苏醒过来。

输了三瓶液之后，我自我感觉没有多大的事情，就和送我来医院的同事们说我要回乡继续工作。

正在同事们劝我安心养病的时候，全乡二十八个乡直部门、三十九个行政村、五十一个重点企业的一二把手陆续来医院看望我，等他们全部来一遍，已经是夜里十点多了，我只好在医院住下了。

到了第二天一早，我正要办出院手续，县政府办公室的赵主任打来电话："你的伤好点了吗？"

我说："没有多大事了，我正要出院呢！"

赵主任听了，忙说："你千万别出院！县里的领导听说你挨打了，都深深地感觉到你们乡镇长工作太不容易了，领导们已经通了气，今天在家的县委常委和县政府党组成员都会陆续去看望你！"

我激动地说："谢谢领导们的关心！"

等县委县政府的领导来看望一遍，又到了晚上十点多钟，我只好再住院。

第三天一早，我正要出院，县政府赵主任又打来电话："你挨打的事，市委、市政府的领导也听说了，他们都对此事非常关心和重视。市政府办公室已经给县里的领导打了招呼，今天估计得有几位市委、市政府的领导瞅空去慰问你。为了配合好领导们的工作，你今天最好不停地打点滴，千万不能出院啊！"

我简直受宠若惊："好的，好的，我一定配合好！一定配合好！"

为了配合市领导们的关心，我从早晨八点开始打点滴，一直打到晚上十点多各位市里的领导都看望完才停了下来。

第四天一早，派出所的刘所长来到我的病床前："杨大拿打了您后就逃跑了，我们追捕了三天三夜，终于把他给抓住了，您看应该怎么处理他！"

我说："你们按国家的法律处理就行了。"

刘所长说："我们准备拘留他十五天，再罚他五千块钱，你看行不行？"

我说："行、行，怎么处理你们看着办就行。"

这时，在一旁陪床的老婆说："咱是官，人家是老百姓，咱咋能和一个老百姓一般见识呢！刘所长，你回去就放了杨大拿，不要拘留他，也不要罚他一分钱！"

刘所长疑惑地望着我问："这，这样不行吧？"

我说："既然你嫂子都这样说了，只要他不再阻碍拆迁工作，那你们就这样办吧！"

刘所长走后，我大惑不解地问老婆："你平时是一个一点亏也不肯吃的主呀，这次你老公被人打得这么重，你怎么却变得这样宽宏大量起来了？"

老婆说："你住院这几天，不光得到了这么多领导的关心和爱护，我这儿还收到了二十多万的慰问金呢！你这一拳已经挨得超值了！依我看，你也别急着出院了，就给我老老实实地在这儿再待上几天吧。"

第五天一早，报社、电台、电视台的记者们又陆续涌进了医院，纷

纷报道我出类拔萃的工作，忍辱负重的性格，宽宏大量的气度……

为了配合记者们拍照，我的吊瓶又不得不挂了一整天！

……

此事过了不久，我就在市、县领导的关心和重视下被提拔重用了。

老领导

前一段时间我到贵阳出差，顺路去看望了一位老领导。

二十多年前我刚参加工作的时候，曾经在这位老领导手下当过一年多的兵，此后我调到了山东菏泽上班，我们俩一别就是二十多年。

我知道这位老领导最爱喝茅台酒，所以去看望他的时候，我特意在离他家不远的一家大型超市买了两瓶提着。

老领导见了我非常高兴，亲自下厨房做了六个小菜摆在桌上，又叫了两个朋友作陪。

我见老领导一切准备就绪，忙拿过来一瓶茅台打开，先给老领导斟满，正要再给两位作陪的朋友和自己也斟上的时候，却让老领导伸手拦住了："这几年茅台酒假的最多了，先让我尝尝真假，是真的你们再喝，假的咱就不喝了，免得伤了身体。"

说完，老领导端起他的杯子，送到嘴边轻轻地一抿，说："假的！"然后，接过我手中的酒瓶，拧紧盖子，放到了他身后的博古架上。

我听后吃了一惊。我知道老领导是品酒专家，尤其对他平生最爱喝的茅台酒，更不会品错，只要茅台到了他的嘴里，真假立辨。于是我忙将另一瓶茅台也打开让老领导鉴定。

老领导倒了小半杯一尝，又说："假的！"然后又拧紧了盖子，放到了他身后的博古架上。

看到我红了脸，非常地尴尬，老领导忙说："没关系，来来来，我们一起喝我买的泸州老窖，这种酒虽然不贵，但是绝对不会有假！"

我已经没有心情喝酒了，勉强在老领导家吃完饭，我立即起身告辞。

临行前，我又将那两瓶茅台酒装进酒盒里，气呼呼地提着就走。

老领导见状，忙跟我夺那两瓶茅台酒："你这是干什么?!"

我说："我绝对没有想到在贵阳的大超市里花了两千多块钱却买了两瓶子假茅台酒！我得提着它去报社，让这家超市名誉扫地；我得提着它去工商局，让这家超市受到应有的惩罚！"

老领导听了，边继续跟我夺那两瓶子茅台边说："不就是两瓶子酒嘛，我看还是算了吧！"

我却很执拗："那不行，老领导，您也知道我这人办事一向很认真，这不是两瓶子酒的事，如果不追究，他们还会继续卖假酒坑人。所以，这事绝对不能跟他们算完！老领导您放心，我这儿有发票，不怕他们不认账！回头我将这事处理完了，再给您老送两瓶真茅台来！"

说完，我用力挣脱了老领导紧抱着茅台酒的手，提着茅台就出了门，然后招手叫了一辆出租车，直奔《贵州日报》社而去。

刚到《贵州日报》社门口，我的手机响了，我按了接听键，只听对方非常着急地说："你现在到哪儿了?"

我说："我到了《贵州日报》社门口了！你是谁啊?"

那人说："我是你那位老领导的儿子。你可千万别向报社反应假茅台酒的事啊！"

我说："我这都到了报社了，怎么不让反映了呢?"

老领导的儿子说："其实你拿的是真茅台酒，不会错的。"

我不解地问："老领导不是说是假的吗？他喝了那么多年的茅台酒，还能分辨不出真假来?"

老领导的儿子说："这件事是这样的！我老爸平生最爱喝茅台酒，他在位的时候，也天天能喝到真茅台酒，可是他退下来之后，不能用公款买了，别人也很少送这种酒了，所以，偶尔有客人给捎两瓶子，他舍不得和大家一块喝，总是一尝之后就说是假的，放在一边，等客人走后，他再自己慢慢品尝；如果你拿的真是假茅台，他反会说是真的，然后和你一块喝完呢！"

我大感意外："啊！怎么会是这样?"

老领导的儿子说："一般的时候，客人听我老爸说他们拿的是假茅台酒，虽然有点不好意思，也不会再说什么了，可是我老爸没有想到你做

事那么认真，非要拿着茅台酒去找报社和工商局，他怕事情闹大了不好看，所以急忙给我打电话，让我快点给你说清此事。"

我说："那我就不向报社反映这个事了！"

老领导的儿子听了，松了一口气："那就好。其实我早就知道我老爸的这个坏毛病，但也从来不好意思对别人说起，今天如果不是事情紧急，我也不会对你说的。这个事你可千万别和外人说起啊！"

我说："那是当然，你放心好了！"

老领导的儿子说："谢谢你！唉，这会儿我老爸正在家里为那两瓶子得而复失的茅台伤心呢！"

我一听，笑了："你让老领导不用伤心，我这就将这两瓶子茅台酒给他老人家送回去！"

我又打的返了回来。

快到老领导家的时候，老远我就看他正站在家门口迎接我。

等我走到他近前，他一把就抢过那两瓶茅台酒，紧紧地搂在了怀里……

这与我何干

我在我们村是那种被老少爷们称之为干啥啥不中的人。外出打工，不想受人家的管制；在田里干活，觉得太累；做过几次小生意，总是赔本；想赢几个钱，又没有赌本……

于是我天天吃过饭就去村南的那堆柴火上半躺着边晒太阳边做我的发财梦。

有一天我闲得实在无聊，就去找张村长，想让他给我介绍点挣钱的活。张村长一脸坏笑地对我说："你这人有两样事干不了。所以，我帮不了你！"

我就很疑惑地问他："哪两件事呢？"

张村长说："你这也干不了，那也干不了！所以，你还是去村南地里晒你的太阳去吧！"

一天吃过午饭，我正在村南边那堆柴火上躺着，一边晒太阳，一边做我的发财梦。

突然，我看到张村长从村里走了过来，一直走到我的身边，弯下了身子笑着和我打招呼："三兄弟，您没事了啊？"

张村长既然不给我办事，那我也不想再巴结他。看见他向我打招呼，我就向上翻了一下我的眼皮对他说："是啊，我能有什么事呢！"

张村长说："前几天村委进行换届初选的时候，您不是被民主推荐为村委差额人选了吗？"

我说："这和我何干！这是他们瞎选。我知道我最后就是那个差额。反正我也当不上什么官！所以，我根本就没有将这件事放在心里呢！"

张村长说："那是，那是。我知道三兄弟您没有那个野心！您知道

不？咱村里大后天就要正式进行民主投票选举新村长了，我是特意来通知您的。”

我说："这和我何干！我不去！"

张村长说："三兄弟，您咋能不去呢！这些年咱村里能走得动的人都外出打工去了，剩下的都是老弱病残，能参加投票的没有多少人啊！"

我又说："这和我何干！我又不想当官。"

张村长说："我知道现在有好几个人想将我顶下来呢。我这个村长想连任怕是不容易！"

我还是那句话："这和我何干！对我来说，你们谁当都一样。"

张村长说："怎么会没有关系呢？三兄弟，您到时候要投你老哥我一票啊！"

我仍要说："这和我何干！"

可是我还没有来得及将最后那个"干"字说出口，张村长就将二百块钱塞到了我的手里："请您多帮忙。老哥我连任了，不会亏待您的！"

我顺手将钱塞进了上衣口袋里，忙说："好说，好说，我一定投你一票！"

我晒够了太阳，就回了家，刚到了家，王副村长就笑着赶了过来，塞给了我两条不错的香烟："三兄弟，大后天咱村就要正式民主选举新村长了，看在咱哥俩多年的老关系分上，您就投你老哥一票，将哥哥我这个'副'字去掉。等我当了村长，一定不会让您吃亏的！"

我接过那两条值三百多块钱的烟，忙说："好说，好说。到时候我一定投你一票！"

到了晚上，在镇上卖肉的李屠户又提了一大块猪肉来到我家里，那块肉足足有三十多斤，得值四百多块钱……

天啊，我真没想到这会儿居然还有这么多人会把我当成人看！在两天多的时间里，其他六位村委差额人选都给我送了礼，这些钱或物加起来足足值两千多块呢！我不由得想，国家的法律要是规定一个月选一回村长该多好啊！

正式选举村长的日子到了。那天中午，到场投票的人果然不是太多，加上委托投票的，大约也就刚过全村 18 岁以上选民的半数吧。

选举开始了，乡里来的领导站在主席台上大讲特讲这次民主选举的选举办法和重要意义："……村长一正二副，我们一次性地选出来。大家在一张选票上写三个人，得票最多的当村长，得票排在第二第三的当副村长。这次选举非常非常地重要，大家一定要以一颗公平公正的心来对待这次选举……大家一定要选出一名好的带头人，一定要选出风格，选出效益……"

乡领导们在主席台上讲的什么话，我一句也没有听进耳朵里去。

等乡领导讲完，就开始发选票。拿到选票，我就想："谁当村长和我何干！我何不随便写上三个名字呢！"

想完，我就一挥而就，随便在选票上写上了三个人的名字。写完一看，怎么我把自己的名字也写上去了呢！哈哈，管它呢，也不改了，写上就写上吧，免得我这个差额人选在这次正式选举中一票也得不了，那样也怪难看的。

投完票，他们开始当场计票唱票，我也不想等什么结果，就立即回到村南的那堆柴火上去晒太阳做发财梦去了。

我梦见自己突然得了一个大元宝，正在兴奋的时候，却被人一下子从柴火堆上拉了起来。

我睁开眼一看，见是村东头的赵二瘸子正拉着我的胳膊，于是大怒："你怎么来搅乱我的好梦！吃饱了没事干撑着了是不?!"

赵二瘸子一脸的兴奋，赔着小心对我说："不是的，不是的。三兄弟，不，不，刘村长。我现在得叫您刘村长了！您当选村长了！刚才唱票，您得的票最多，乡领导特意让老哥我来找您呢！"

我根本不信："我怎么会当选村长！你不要和我乱开这种国际玩笑！"

赵二瘸子非常着急和认真地说："这种事哪能开玩笑啊！是真的呢！乡里的领导正等着您回村委会呢！"说完，他就一瘸一拐地用力拉着我往村委会跑。

什么？我真的当选了村长了啊？可是我怎么会当选村长呢？

我跟着赵二瘸子往村委会跑的时候，虽然脑子里感到糊里糊涂的，但却突然间想明白了一件事：我终于有了一条发大财的门路了！

天堂经营者

一、英雄魂魄回故里

民警杨威死了，他死时只有 28 岁，还没有成家！

杨威只身和十几个歹徒搏斗，身中数十刀，终于倒了下去。

杨威临死前留在这个世界上的最后一句话是："我要回家，要回到我的天堂！"

杨威是我从小到大最好的朋友，他的死在我的心里引起了巨大的震动。

是啊，我要让我的英雄兄弟在天堂里永远活着！

我是一家网络公司的老板，我利用工作上的优势，为杨威建立了一个专门的网站——天堂网！

在这个天堂网里，我以我们老家的青山绿水为背景，以杨威生前留下的各种文字材料、图片资料和影像资料为蓝本，并展开了最丰富、最美丽的想象，为他建立了一个理想中的天国。

天堂网建成后，每天到天堂网向英雄学习、致敬和留言的，数以万计，英雄的影响随着网站浏览量的不断扩大，迅速走向全国……

二、两情生死永相依

天堂网本是专门为杨威建的，但不久，我们就迎来了第二位客人。

刘林是一家大型企业的老板，年仅 35 岁，在一次出差的途中不幸遭

遇车祸而去世。他的妻子雪儿听到他的死讯后悲痛欲绝，几次寻死，虽然均被家人及时发现而救下，但人却精神失常了，整天疯疯癫癫的，看遍了全国各大医院，均没有效果。

心病必须心药医！我知道了这个消息之后，决定帮助王雪。

好在刘林作为一个大型企业的老板，生前留下的影像资料非常丰富，我从他们企业和家人那儿搜集到了尽可能多的影像资料，然后让我们公司最专业的工作人员进行剪辑和制作。

花了大量的时间和金钱，我们终于完成了这些工作。于是，这天，我就来到雪儿家，对她说："你老公其实还活着，上次那次车祸上的人不是他。"

说完，我打开了网站，让她看她老公在外地活动的影像。

雪儿看到她的老公仍活着，非常兴奋："我要和他聊天！"

这一招我们早有防备。我让她打开了QQ，她发现她老公果然在线，就和老公聊了起来。

突然，她要求和老公视频。于是视频打开，她看到她老公真的正端坐在办公桌旁微笑着看着她。于是她们就视频通话，微机里就传来原汁原味的刘林的声音！

当然，刘林这段视频是我们早就制作好了的，只是在播放。另外有专门的工作人员学他的声音在和雪儿聊天。此后，这人就专门负责和雪儿聊天和通话……

雪儿沉浸在一个虚幻的世界里，天天泡在微机前，等着和她的老公刘林见面和聊天，于是我们不得不组成了一个专门的创作班子加班加点地工作，为他的老公在天堂网制作各种活动，以不让她的梦幻破灭。

经过这样一年多的引导，雪儿的病终于不治而愈，恢复了常态。从此，她就成了我们天堂网的最忠实的网友。

三、小小天使成传奇

第三位进入我们网上天堂的是一位婴儿。她没有名字，是我有一天路过一家医院门口拣来的弃婴。

我给她取了个名字叫天天，意思为她是上天赐给我们的一个小天使。我们对她进行了两个多月的精心喂养和护理，并且天天为她拍照和摄像。天天非常地可爱，总是对着我们一家笑，那笑容，让我们一生都不会忘掉。

然而，天天却病得很重，虽然我们付出了最大的努力，这个可爱的小生命仍然没有过得上她的周岁生日。

我的心情万分悲痛，一直不想承认这个事实。

我要让这个可爱的小生命复活！

于是我和我公司所有的精英，付出了全部的心血，开始让这个小生命像一个正常孩子一样在天堂网里健康地成长。每天，天天要吃饭、要睡觉、要学说话、学走路、要哭、要笑……

在天堂网里，天天每天做着一个与她同龄的婴儿要做的一切……

围绕着天天，我们还每天制作出一个有趣的小故事……

天天这个可爱的小天使的形象一经推出，立即引起了广泛的关注，无数的年轻妈妈更是一有空就会关注这个孩子的成长。

我们还设计了让天天和上网的人互动的程序，上网的妈妈们逗她，她就会笑，喂她饭，她就会张嘴吃，扶着她，她就会慢慢走路。

天天在一天天长大，其影响也在一天天扩大，不久，天天无论穿什么衣服，这种服装立即就会一销而空，无论喝什么样的奶粉，这种奶粉就会供不应求……

四、天堂人间成一体

三位客人入驻不久，我们的天堂网就对社会开放了，一个去世了的人，无论其身份贵贱，只要他们的遗属提出申请，我们都会免费在天堂网里为他建立一个小院，并为他们家的住址编了门牌号。为此，我们在天堂网里建立了城市、村庄和公园，修建了马路……

不久，我们又开发出了一种新的程序，依据天堂入住者生前留下的相片或影像，让每一位入住天堂的公民，都可以一天二十四小时自由活动，无论你何时上网去看他们，都会发现他们正在像一个平常人一样在

吃饭、睡觉、种地、做工，或正在下象棋，或正在打扑克……

如果你在天堂网里找到了您的亲人，并向他问候："你在天堂还好吗?"你就会亲耳听到亲人的回答："我在这儿挺好的，请不要牵挂!"

从此，天堂和人间，成为了一体，您又可以和您已经去世的亲人天天在一起了……

无疑，天堂网的运行，需要大笔的费用。但请朋友们不用担心，我们的经费来源很充足。比如为英雄建网上天堂，民政局就拨了专款；为救助雪儿，我虽然先后花了二百多万的制作经费，但她的家人向我们捐助的不下千万；天天这个可爱的小天使，更被无数的企业老板所看好……

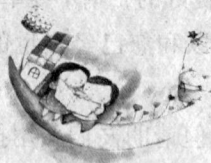

假如给我三天光明

爷爷拿着一本书刚进公园的大门，就看到英子早已坐在了公园中间的长椅上等他。于是他放轻了脚步，蹑手蹑脚地往前走，想给她一个惊喜，不料他刚走了两步，英子就喊："爷爷，我听到你的脚步声了，快过来吧。"

英子是一个双目失明的美丽女孩，家里比较穷，父母天天忙于生计，白天家里只有她一个人。爷爷是一个退休多年的老干部，老伴早已去世，孩子们都不在他身边。这一老一少两个孤独的人多年前偶然在这个公园里相遇之后，很快就成了好朋友。

每天一早，他们爷俩就一块到公园里玩。爷爷给英子讲人世间各种各样奇奇怪怪的事，教她学好多好多知识和做人的道理，给她买各种各样好吃的东西。英子"爷爷、爷爷"地叫得非常甜，也很会逗爷爷开心。他们爷俩天天都是玩到黄昏才会依依不舍地分手。

爷爷快步走到英子身边坐下，对她说："今天爷爷给你买了本好书，是一个眼睛看不见的美国作家海伦·凯勒写的。她是一个生活在黑暗中却又给人类带来光明的女性，一个度过了生命的 88 个春秋，却熬过了 87 年无光、无声、无语的孤独岁月的弱女子。但她却以其勇敢的方式震撼了世界。这本书写的就是她的自传。"

英子说："爷爷，读给我听，好吗?"

爷爷说："好!"

爷爷读着读着，英子的双眼就充满了泪水。

英子说："爷爷，假如给我三天光明，你知道我想做什么吗?"

爷爷说："你说说看。"

英子就说："第一天，我想看看这个美丽的世界，第二天，我想去上一天学，第三天，我想陪着爷爷。"

爷爷说："英子，你的眼睛一定会治好的，现在的医学发达了，你的命运自然就和海伦·凯勒不会一样了。你一定会得到一生一世的光明而不是仅仅三天。"

黄昏的时候，爷爷还没有读完这部书，爷俩分手的时候，英子像每一天一样问："爷爷，明天你还会来吗？"

爷爷说："爷爷当然会来啊，我还要给你读这部书呢，咱爷俩不见不散！"

第二天一早，英子又去公园里等爷爷，但等了一天却没有等到，第二天，仍然没有等到。到了第三天，她却被推进了手术室做了眼角膜移植手术。

手术很成功，过了不久，英子的眼睛就复明出院了。

英子出院后的第一件事，就是和陪着她的母亲一起朝那个公园走去，她非常想看一下在她这几年黑暗孤寂的岁月里一直陪伴着她的爷爷。

她们在公园的那条长椅上坐了很久也没有看到爷爷。

英子的母亲说："我们回去吧。"

英子说："我不回去，我要等着看爷爷。"

她母亲说："爷爷已经去世了，你再也见不到他了。"

英子说："不会的，他怎么会去世！"

她母亲说："那天他得了急病，第二天就死了，已经去世半个多月了。"

英子听后，泪就像雨一样流了下来。

英子的母亲没有对英子说，那天晚上，爷爷身体不舒服，第二天起床晚了，为了能早点在公园里见到英子，就横穿了马路，结果让车撞了。爷爷临终前的最后一句话是："把我的角膜和存款都给英子，一定要让她看到光明。"

英子的妈妈说："孩子，我们走吧，爷爷是不会再来了。爷爷让我交给你一部书。他说无论发生什么事，你都要像书中的那个女人一样坚强地活着。"

在泪光中，英子接过这部书，虽然她不认得上面的字，但她知道，这部书一定是爷爷还没有读完的《假如给我三天光明》。

被双规的女人

在市纪委工作的这二十多年，我处理过各种各样的违纪案件，其中最奇特的就是李县长受贿案。

那一年我们接到举报，说李县长接受了房地产开发商崔老板的一套价值三百多万元的别墅和二百万元的现金。同时，李县长还接收了其他人送的大量钱物。

案情重大！我们经过一段时间周密的初查，核实了很多李县长受贿的线索，掌握了大量的证据。我们发现，李县长收受钱物都是经过一个和他一起住在那套别墅的名叫杨红玉的女人办理的。

我们市纪委成立了专门的办案工作组，由我任组长。

立案后，我们决定先将杨红玉双规，以便从她身上打开突破口。

将杨红玉双规之后，我负责对她进行询问。因为有大量的证据在手，我决定开门见山，就几个关键性的需要进一步核实的问题单刀直入。

让我意想不到的是，杨红玉一点也不害怕，好像还很得意的样子，对我的询问，也有问必答，非常配合。

我问："崔老板是不是送给李县长一套别墅？"

杨红玉答："崔老板送给李县长一套了没我不知道，但送给我一套却是真的。这两年多李县长就住在我的房子里呢。"

"你和李县长是什么关系？"

"我们没有什么关系，如果说有，也是房东和住客的关系。李县长两年前调到县里工作，一时无处可住，就租了我几间房子，他每年还都拿一万多块钱的房租。他交钱的时候我都给他打了收条，他有收条，我有复印件。"

"你和崔老板什么关系？他为什么会送给你价值几百万的房子？"

"我和崔老板没有任何关系。我是一个老百姓，无职无权。他是个体开发商，和国家集体都不沾边，他的房子爱送给谁送给谁，这也犯法吗？"

"据我们查实，崔老板还送给李县长二百万元，是你经手的。可有此事？"

"崔老板是给过我二百万，但他是给我的，不是给李县长的。至于他另外给没给过李县长二百万，那我就不知道了。"

"这些钱现在在哪儿？"

"都让我捐给了灾区、敬老院和贫困大学生了。"

"你怎么能证明都捐出去了？"

"凡是汇出去的钱，我都有汇款凭证。凡是当面送出去的钱物，我都让当事人打了收条。"

"个别乡镇书记、局长也常常给李县长送钱物，据我们查证，也是你经手的。"

"是的。但这也都是送给我的，不是送给他的。"

"你一个老百姓，他们怎么会送钱物给你？"

"这我怎么会知道？他们送，我就接呗。"

"这些钱物总数有多少？现在都在哪儿？"

"这两年多我收到的也有一百多万吧。"

"你收到了钱物，为什么都捐给了别人？"

"我帮助的都是最困难的人。在我六岁的时候，我爹娘因为没有钱看病都死了，后来我哥哥到南方打工供我上学。在我考上大学的那一年，我哥哥得了尘肺病也死了，他挣的那点钱也为他看病花光了。我考上了好大学，但我却没有钱去上。一想到出去打工，我就总会想到我哥的下场，只好在家种地。可是，在我二十二岁那年，在那块庄稼地里，我又被张二强强奸了，家里也待不下去了，只好到城里寻活路。刚到城里的时候在红玫瑰理发厅为人家洗头。后来我遇到了崔经理，他待我特别好，给我房子，给我钱，帮我入了党，转了干。后来崔经理又介绍没有地方住的李县长住了进来。崔老板给我房子给我钱，说是因为他没有亲妹妹，要将我当成他的亲妹妹来疼，至于那些乡镇长、局长给我送钱送物，我就不知道为什么了。我这样一个无亲无故、无牵无挂的女人，要钱多了也没有什么用，就决定将所收到的钱物都送给和我以前一样最需要帮助的人。我将有钱人送给我的钱物送给没钱的老百姓，难道说也有错吗？你们当官的不帮他们，我帮他们一下，难道也有错吗？不信的话，我可以给你们拿来的我小本本，上面收到和支出的每一分钱都记得清清楚楚。"

杨红玉的回答更加出乎我的意料之外。为了证实她所说的话，她真的领我们拿来了她的那个小本本，上面果然一切记得清清楚楚：某年某月某日，收到某某现金多少，于某年某月某日汇款到了某处，某年某月某日收到某某物品多少，于某年某月某日送到（寄到）了某处，并且全部有汇款凭证或是收款人打的收条为证。她所接受的全部钱物真的都捐出去了，就是收到的几包高档香烟和茶叶，她也送给了敬老院！

我们又分成几个小组，分头核实了相关单位或人员，他们均如数收到了本本上所记的钱物！

我承认，到纪委工作二十多年来，从来没有办过这样的案子，虽然感觉还有蹊跷，但却找不到更多更好的证据，而在已经查证的事实面前，我好像也找不到处理的依据，只好将此案迅速上报纪委常委会研究。

第四天上午，已经有很多杨红玉帮助过的群众聚集在了县政府和市政府大门外要求释放杨红玉，另有一批群众已经包了车去省里上访了。

而就在同一天下午，我们接到上级指示，将杨红玉解除了双规。

很久之后，我听说崔老板送给李县长和杨红玉那套别墅，目的是拿下本县最大的一块地的开发权。同居之后，杨红玉慢慢治好了李县长的阳痿，让他又成了一个真正的男人，所以他对杨红玉言听计从，又因为如此，大家送礼都是送给杨红玉。李县长自己从来不亲自收受钱物，杨红玉将收到的钱物全部捐出去，他也从来没有过问过……

这是我处理过的唯一没有最后结果的案子。

猜猜我是谁

上午刚上班，我就接到一个电话：

"老同学，很久不见了，还能想起来我是谁吗？"

"让我猜猜。噢，你是彩虹，我猜的没有错吧？二十年没有联系了！"

"是啊！都毕业二十年了，你还能一下子就想起我，真的让我很感动！"

"你是我们山大的校花，是我心目中美丽的女神！那时候我的梦中全是你，我想追你却不敢，只好无数次地悄悄地跟在你的身后，但我却又怕让你发现会看不起我。我还作过一首诗：我寻找你的背影，却又躲避你的眼神，我是一个羞涩的男孩，为了这虚幻的爱情，我愿意付出我整个的生命！"

"我真是太感动了，可是那时候你为什么不把这首诗献给我？如果你献了，我一定早已成了你的妻子了！"

"我哪敢献啊？像你这样优秀的女人，一定会找一个天底下最好的男人！我倒是很想问一下，天下到底是哪个有福的男人找了你当老婆！他又到底是多么地优秀！"

"他优秀什么！结婚三年我们就离了，他太伤我的心了，所以十七年来我也一直没有再找，前几年不是兴下海吗？我把工作也辞了，自己做点小生意，一个人孤孤单单地过日子！"

"是这样啊，真是太对不起老同学了，我真不应该提这个茬。"

"没事的，都过去这么多年了。我也不再想这事了。"

"你现在做的是什么生意？这两年美国人没事干，非要搞什么金融危机，很多生意都不好做了，你的生意还好吗？"

"我做的是服装生意，还能勉强维持吧。这不，最近我就看好了一单生意，美国进口服装，一套拉到家才 500 块钱，我们零售能卖到两千多。"

"天啊！这么大的利润呀！"

"是啊，美国人没有生意做，衣服卖不出去，所以就贱价处理了。不过，他们的衣服质量那可是没得说。我想多进一点过来，可惜我的几百万的资金都被生意套牢了，一时周转不开，没有这么多的现金。"

"他们的质量当然没有问题，这么好的生意不做真是太可惜了。现金嘛，你可以先借一下啊！"

"这年头，谁肯往外面借钱啊！这不我就想起来你这位老同学了吗？"

"需要多少，你尽管说。大忙帮不上，十万、八万的应该没问题！"

"关键时候还是老同学好啊！那就先借你十万吧！这批货从到手到收回现金用不了一个月的时间，我只是用你的钱周转一下，一个月内我一定还给你，再给你加两三万的利息。"

"老同学暂时用一下钱，还要什么利息啊！快点给我你的卡号吧，我一会就给你打到卡上去！"

"谢谢你，真是太谢谢你了。"

……

"老同学，十万现金已经从我的卡上转到你的卡上了，你去查收一下，收到后给我回个电话。"

"真是太谢谢你了！我这就去查一下。"

……

"老同学啊，你的银行卡怎么被锁死了，怎么也打不开了！"

"你办的是普通卡吗？钱已经汇过去了，如果卡打不开，24 小时后自动解锁。你还可以拿着你的身份证去找一下银行工作人员到柜台解锁。如果不是普通卡，就麻烦些。你还记得原密码吗？你找到他们后，如果记得原密码，解锁则不需要缴费，如果记错了原密码，得交十块钱办理强制解锁手续，还需要进行密码挂失，7 天之后才能重置密码。"

"是吗？我去试试。"

……

"卡打开了，可是显示上面没有进来十万块钱啊？"

"我的显示汇过去了，汇款凭证还在我手里呢！天啊，不会写错卡号吧！我再和你发到我手机上的卡号对照检查一下。如果弄错了，这事可就麻烦大了！"

……

"对不起，是没有汇过去。我看卡号对就去找了银行，他们说是银行的系统出毛病了。你现在在哪儿啊？"

"我在济南。"

"你的家不是在上海吗？怎么会在济南？"

"我的家是在上海，做生意的点也在上海，可是谈生意就说不定要去哪儿了！"

"那我取出来现金给你送去吧，从菏泽到济南也就两个小时的路吧。"

"这怎么好意思呢！还是我去菏泽吧。"

"不用，我很想尽快见一下你，我有车，去济南和回趟家一样方便。一会就到的，你先开好房间，我直接将钱送到你房间，然后回来还可以和老婆吃晚饭呢！"

"二十年不见，你就不能陪我吃顿饭吗？怎么总是想着你的老婆啊！真是一个好男人。可惜没有让我摊上！"

"那好，我陪你吃晚饭，要不我再叫上一起分到菏泽工作的同学王雷和刘英一块去和你见个面？"

"这样不好吧？其实，我好想让你单独陪陪我。我都孤单了十七年了，你就不能陪我一晚上吗？"

"这？那好吧，我这就给我老婆打电话说今天我出发，一会就走。既然这样，你就在济南最好的索菲特银座大饭店开一套总统套房吧。这样的事我还没有做过一次呢，得像结婚一样重视，何况还是和我的老同学，和我心目中美丽的女神一块做。你放心，住一晚上不就是两千来块钱嘛，这点钱我还是有的，一切账都由我来付，你先去安排一下，我这就出发！"

"好好，我这就去安排，我在房间等着你，你可要快点来哟！"

……

"老同学，我已经开好房间了，房间号是 1818。你怎么还没有来啊？都晚上 7 点多了！"

"我正要去的时候，突然我的老板让我跟他去办一件急事。人在江湖，身不由己啊！你先在那儿等一下，我办完这件事，今天无论时间多晚我也一定赶到你身边去，你放心好了，亲爱的。"

……

晚上我在单位加班写小说，回到家的时候，已经是夜里十一点多了，我山大时的同班同学，当年有名的校花，我的老婆——彩虹这个臭丫头早已睡着了。她不但"呼噜呼噜"地打着鼾，而且刚买的枕头又让她的口水弄湿了一大片！

第二天一早，我在新浪网上看到一条新闻："昨天晚上，一个特大诈骗勒索团伙在济南索菲特银座大酒店落入法网。他们作案的主要手段有两种，一是冒充当事人的同学进行诈骗；二是先利用色相进行勾引，然后再进行敲诈勒索……"

唉！这些人尽弄一些三岁的小孩子的点子来忽悠我，陪她们忽悠简直是浪费我的宝贵时间，真没劲！这次先简单地教训她们一下，希望她们下次再给我打这类电话的时候能多动点脑筋！！

讨　债

　　十多年前，广州的一家企业欠了我们局几十万元的债。十几年来，我们单位每年都要派人去向他们讨几次债，结果都是花了不少的差旅费却无功而返。这件事一直让我很奇怪。欠债还钱，天经地义，这账怎么会要不回来呢！

　　前几天，我们局的办公室张主任找到我："小刘，你今年可以说为我们局做出了很大的贡献，工作能力和成绩是有目共睹啊！经局党组研究，决定给你半个月的时间，让你去一次广州，要一下我们局的那笔老账。当然，这笔账已经要了十多年了，你能要过来就要过来，如果要不过来呢，你就顺便在南方各处转一下好了。"

　　十年前，我就是在广州大学法学院毕业的高才生。这次带着有关材料到了广州之后，我充分利用我所学的法律知识和老师、同学等各种关系，只用了不到十天的工夫，就成功地将这几十万元要回！

　　你们可以想象我是多么地兴奋！这可是局里要了十多年的旧账啊，别人要了几十次都没有要回一分，我只用了几天就全部要回了！我感觉自己就像一名凯旋的战士，也没有心思在广州逗留了，满怀喜悦地立即飞回了单位。

　　回到单位，我马上走进了王局长的办公室向他报喜，本想着他会狠狠地夸我几句，没有想到的是，王局长只是冷冷地说："知道了。"就再不理我。

　　从王局长办公室退出来，我很郁闷地来到了张主任的办公室："我讨回了咱局几十万的旧债，可是王局长怎么好像很不高兴啊？"

　　张主任说："何止是王局长一人不高兴，咱局上下一百号人，没有一

个人会高兴！"

我很不解："这是为什么呢？"

张主任说："你真以为大家都讨不来这笔旧账啊？其实这笔账已经十几年了，局长也换了好几个了，对我们局来说要不要都是无所谓的事。可是你现在真的把账要清了，我们局里的人如果再想出去转转，还能找到什么比讨债更好的理由呢？"

我愕然。

小小少年

我到一个新城市去发展，把正上初二的小儿子也带了去。

小儿子来到这个城市不久，就给我惹了不少的事。

前些天，儿子坚持自己开我的宝马去上学，不让人送。过了几天，交警把我叫了过去，训了我一顿："这么小的孩子自己开轿车上学？你就不怕他会出事？轧着了别人怎么办？"我好说歹说，最后交了200块钱的罚款，又请交警们吃了一顿海鲜才算了事。儿子只有十三岁，自然没有驾照。

又过了几天，儿子打电话给我："老爸，我和一名班里的同学在咱本城圣豪大酒店住着呢。这家酒店刚开业不久，它的总统套房一直没有人住，儿子我就第一个住进来了。你有空的时候就给我把账结了！"我知道，圣豪大酒店是本城的第一家五星级大酒店，也是本城第一个有总统套房的酒店。因为它们的总统套房太贵，据说一直没有人住过，没有想到儿子成了住进这家总统套房的第一人！我赶过去结账，乖乖，一天住宿费19998元！

这件事刚刚刚结束，儿子又在鱼翅皇宫摆了一桌拜师宴，将正副校长和正在教他的全部老师都请了去，桌子上摆的全部是海参、鱼翅之类的海鲜，喝的全是茅台、五粮液。这一桌，又花掉了我三万多元。

对儿子所做这些事，我并没有制止。

我到了这个新城市之后，因为企业知名度一时提不起来，所以，各项业务开展得也很不顺利。

但是，自从儿子开宝马上学、第一个住总统套房和摆豪华拜师宴这三件事被媒体广泛报道之后，我的企业名气大增，一时间，订单像雪片一样飞来……

金饭碗

一天，张老板从一户农民的大门口经过，看到他们喂狗的那只旧瓷碗上绘了一只大大的金元宝，很是漂亮，就花十块钱买了回来。

张老板让人精心打造了一个小木盒，将这只碗放到里面，亲自送到了王镇长家："我特意请专家鉴定过了！这只碗是明朝洪武年间的古董，因为上面绘有一个金元宝，所以，称之为金饭碗，价值七八千呢！"王镇长听了，很高兴："金饭碗，好！这个意思好！"

王镇长让人精心打造了一个纯铜碗盒，将这只碗放到里面，亲自送到了李县长家："我特意请专家鉴定过了！这只碗是宋朝景德年间的古董，因为上面绘有一个金元宝，所以，称之为金饭碗，价值七八万呢！"李县长听了，很高兴："金饭碗，好！这个意思好！"

李县长让人精心打造了一个纯银碗盒，将这只碗放到里面，亲自送到了赵市长家："我特意请专家鉴定过了！这只碗是唐朝贞观年间的古董，因为上面绘有一个金元宝，所以，称之为金饭碗，价值三四十万呢！"赵市长听了，很高兴："金饭碗，好！这个意思好！"

赵市长让人精心打造了一个纯金碗盒，将这只碗装进里面，亲自送到了刘省长家："我特意请专家鉴定过了！这只碗是西汉太初年间的古董，因为上面绘有一个金元宝，所以，称之为金饭碗，价值不止两三百万呢！"刘省长听了，很高兴："金饭碗，好！这个意思好！"

刘省长留下了那个小金盒，将这只金饭碗捐给了本省的博物馆。

两年之后，刘省长下台，这只金饭碗被博物馆长扔到了垃圾箱里。

不久，一个拾垃圾的农民捡到了这只金饭碗，就用它来喂自己收养的那只赖皮流浪狗。

活 着

年轻的时候，我曾经在一座山里看护过几年山林。

一个初冬的夜晚，外面刮起了北风，下起了大雨，我住的小屋非常阴冷潮湿，我正在点燃一堆干柴取暖。

这时，门突然被推开，一个淋得透湿的姑娘闪了进来，怯怯地问我："大哥，我可以烤烤火吗？"

我说："过来吧。"

姑娘说："谢谢大哥。你有点东西吃吗？我饿得慌。"

我说："有，在锅里呢，我给你热一下。"

我去里间给她热饭，端碗出来的时候，却见她正一丝不挂地站在那儿一边烤火，一边烤衣服，橘红的火焰映照着她的全身，显得无比地美丽娇艳。

她看见我，也不惊慌，也不躲避，只是冲着我微微一笑。

我忙放下碗，躲到里间去，对她说："你快穿上衣服，吃点饭吧。"

她说："衣服还没干呢。大哥，你替我烤吧，我先围到床上去。"

她坐到床上，用被子围了一下身子，吃下了那碗米饭。

我替她烤干了衣服，放到床边上，对她说："你睡吧。我到里间灶火边上眯一晚就行了。"

半夜的时候，我突然醒来，只见她正光着身子搂着我："大哥，这儿太冷了，我们上床睡去吧。"

我紧张地说："我还没跟女人睡过。"

她把我搂得更紧："大哥，我也是第一次搂男人！"

刚满二十岁的我再也把持不住……

　　三个月后，我去山下的公判大会看热闹，刚听人喊"……判处死刑，立即执行"，跪在中间的那个女子突然挣脱押解人员的手站了起来，仰着脸大呼大叫："你们不能枪毙我，不能枪毙我！我肚子里有孩子！"

　　天哪，这个女人竟然是她！

　　一晃很多年过去了，我再也没有听到过她的消息。但我知道，她没有死。

　　她不会死的。

游　鱼

　　他从小就喜欢鱼。

　　在他的童年时代，他就常常一个人蹲在小河边看河里游来游去的鱼，心中不住地想："我要是能变成一条鱼该多好啊！"

　　到了少年时代，他成了远近闻名的游泳能手，一个猛子能扎出半里去，出水的时候怀里还常常抱着一条大鱼。在水里的时候，他觉得自己就是一条鱼，感觉特别地舒畅。

　　高中毕业后，因为家里穷，没钱供他上大学，他只好出去打工。在武汉打工的时候，他认识了一个打工妹。不久，他们结婚了，过了一年，他们又有了一个男孩。日子就这样过着，简单、劳累、清苦、快乐。

　　有一段时间，他常常在长江边徘徊，长时间地望着江水发愣："做一条鱼多好啊！无忧无虑地生活真幸福！"

　　那天，他辞去了工作，决定再领着老婆孩子散最后一次步，吃最后一顿饭。

　　当他们走到长江边的时候，突然，一个女孩跳到江里，接着，一个男孩也跟着跳进去。转眼间，他们都被江水吞没了。

　　他毫不犹豫地跳下江去，把男孩女孩都推给了岸上的人们。

　　他深情地朝岸上望了最后一眼："永别了，老婆，永别了，儿子。从今天开始，我就是一条真正的鱼了！老婆，这几年咱俩打工挣的钱都在你那儿呢，你和儿子好好过日子吧。你们娘俩还不知道，我得病了，要活下去一年就得花十几二十万。咱看不起，咱不看了，一分钱咱也不花。"

　　"我已经成了一条真正的鱼了！"想着想着，他就朝江心游去，不久，就和滚滚的江水融为了一体。

难开的锁

二姨家有位三姑娘，三姑娘长得很漂亮。

我小的时候，每年正月初二到姥姥家走亲戚，总能见到这位叫巧儿的漂亮三姐。

一天下午，巧儿慌慌张张地跑到我家："三姨，他们将我锁在屋子里，非要逼我嫁给张二狗。我打开锁逃了出来，你快点想法救救我吧。"

母亲把巧儿领进了后院的屋子里。

巧儿发现屋子上了锁，大喊大叫："三姨，快开门，放我出去！"

母亲说："你家太穷，你不嫁给二狗，你大哥咋娶他妹妹啊！"

母亲没有开门，巧儿也没能再打开锁。

那天半夜的时候，巧儿被二姨家的人捉了去，嫁给了张二狗。

张二狗把巧儿锁在屋子里严加看管。但一个多月后，巧儿瞅了个机会又打开锁跑了。过了几天，她又被捉回。这回她不但被锁进屋里，还被戴上了铐子。

戴着铐子的巧儿三年给张二狗生了三个儿子。

生了三个儿子之后的巧儿自由了。

自由后的巧儿不说话，也不劳动，整天痴痴地坐在屋门口一动不动。

大家都说，她的心已经上了锁，没有人能打得开了。

但大家说得不对，不久，巧儿就跟着一个男人跑了。

两年后，巧儿再次被捉回。

这次被捉回来不久，巧儿就上吊死了。

张二狗气得咬牙切齿，将巧儿草草埋葬在门前的山坳里。

谁也没有注意，张二狗在巧儿的棺材上，画了一把锁。

鸳鸯名片

自从我发明了鸳鸯名片并投入使用之后，我在全市范围内无论办什么事情都一帆风顺。

那天我找张局长办事，就先拿出了我的名片："张局长，您好。这是我的名片。"

张局长看后很是奇怪："这？不对吧？"

我忙解释："噢，对不起，我拿反了。这面是老王的，那面才是我的。我们这叫做鸳鸯名片，我这种印法在全世界还是首创呢，哈哈！"

张局长听了，受宠若惊地说："原来是您呢！有什么事您打个电话就行了，您怎么亲自来了？"

我说："老王不是整天在外面忙吗？他一直没有空，我一个女人在家闲着也没有什么事可干，乘着给别人办点小事的空算是出来活动活动身子骨吧。"

张局长忙说："有什么事您尽管吩咐，我这就安排人去办！"

还有一天我去找刘县长办事，我也是先拿出了我的名片："刘县长，您好。这是我的名片。"

刘县长看后一脸的莫明其妙："这？不对吧？"

我忙解释："噢，对不起，我拿反了。这面是老王的，那面才是我的。我们这叫做鸳鸯名片，我这种印法在全世界还是首创呢，哈哈！"

刘县长听后，恭恭敬敬地说："原来是您呢！有什么事打个电话就行了，您怎么亲自来了？"

我说："老王不是整天在外面忙吗？他一直没有空，我一个女人在家闲着也没有什么事可干，乘着给别人办点小事的空算是出来活动活动身

子骨吧。"

刘县长忙说："有什么事您尽管吩咐，我这就安排人去办！"

老王是我们市的现任市长。

我是谁呢？不告诉你。

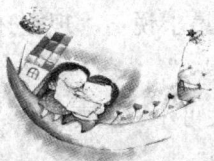

妙　着

　　张科所在的局是县里非常重要的一个局，张科在这个局是办公室副主任兼行政科长。张科又年轻又有学历，这些年在工作上还十分卖力，应该说也做出了不少的成绩。

　　去年春天，局里的办公室赵主任到年龄了，按组织上的规定，应该立即退下来。如果赵主任能正常退下来，张科去掉那个"副"字接正主任是很有可能的。但是周局长却说，办公室是一个非常重要的科室，办公室主任是一个非常重要的岗位，一定要认真考察有关人选，宁可不配，也不能配错了人。于是仍让赵主任在岗位上发挥"余热"，选配办公室主任这件事一拖就是一年多的时间。

　　张科的竞争对手并不多，实力也不强，他自然想趁机磨正，于是在这一年多的时间里，他也提了点礼品先后到周局长家意思了好几次，但两人的谈话始终无法深入下去。周局长虽然明白张科的意图，却也总是一哼二哈三嘿嘿，始终没有说句囫囵话。

　　前不久，周局长突然把张科叫到自己的办公室里，严肃地对他说："昨天南城派出所的刘所长给我打电话，说他在一家宾馆里抓了你一个现行。你要对我实话实说，真的有这回事吗？"

　　张科吓得一下子脸就黄了："周局长，我求求您，这事您可千万别往外说啊！如果让外人知道了，我一下子就完蛋了！"

　　周局长阴沉着脸说："平时看你这么老实能干，没有想到你却会干出这种事来！"

　　张科说："我也是一时糊涂，铸成大错……"

　　周局长说："你知道这件事的严重性吧？一旦让外人知道了此事，于

公，会影响咱单位的形象；于私，至少要给你开除党籍处分了；如果再处理严重点，还可以开除你的公职！你的大好前途，真的就一下子全毁了！当然，你的家庭是不是还能维持下去，也会成为一个大问题！"

张科浑身打着战，小心翼翼地恳求说："现在还没有外人知道此事吧？请您一定要想办法将此事压下去。"

周局长说："当然，这件事可大可小，主要是看领导怎么处理。南城派出所是不是当场就将你放了出来？"

张科说："是的，过了不大一会儿就让我回家了。"

周局长又问："别人出现这种情况一般都要罚5000块钱，也应该没罚你的吧？"

张科说："是的，也没有说罚我的钱的事！您怎么知道得这么详细呢？"

周局长说："抓着你之后，刘所长在第一时间打电话向我报告了这个情况，问我怎么办？我说，还能怎么办，给我立马放人，给我严格保密！刘所长又问我，这5000块钱还罚不罚？我说，算了吧，自家兄弟，你还罚个屁！如果你处罚了他，不就是往老哥我脸上打耳光吗？！就这样，你就出来了。你看，还亏得我和刘所长是多年的好哥们，很铁的关系，如果换成其他所其他人抓了你，我就无能为力了！"

张科听了，先擦了一把脸上的冷汗，然后深深地向周局长施了一礼，感激涕零地说："周局长！您真是我的再生父母！您的大恩大德我永世不忘！今后我一定一心一意地跟着您干好工作，绝对不会对你有二心……"

周局长听了张科的话，大度地笑了笑说："好了好了，这件事就算是过去了。年轻人嘛，谁能不犯一点错误？改了就是好同志嘛！只要你往后跟着我踏踏实实地把工作干好就行了。"

又过了不到半个月，周局长宣布，赵主任正式退居二线，任命张科为局办公室主任。

上任的当天晚上，张科在一家高档酒店宴请刘所长，落座之后，张科激动地对刘所长说："谢谢您帮我下了这步棋！"

刘所长大惑不解地问："你好好的为什么非要让我说你嫖娼呢？就是傻子也不会拿这样的屎盆子往自己的头上扣啊？"

张科说："以前我不知道周局长为什么不让我当主任，后来我终于想明白，原来我还不是他的圈里人啊！你知道，我们局摊子非常大，事非常多，很多事只有用潜规则才能摆平，而赵局长个人，每天也会有很多机密的事情需要处理。这些公私的事情都需要办公室主任去具体操作。所以，不是周局长的心腹，就当不了这个办公室主任！我之所以要您帮我下这步看似自取灭亡的棋，其目的就是故意让周局长抓住我的'死把柄'。果然，这样一来，周局长'把柄'在手，对我进行了一番恩威并施之后，就把我看成了自己的圈里人，我那个'副'字很快也就去掉了！"

刘所长说："你知道不知道这也是一着非常危险的棋？万一周局长想趁机拿下你怎么办？"

张科说："没事的！我们局在县里是个非常重要的大局，又是多年的老先进，就是真的出了这种事，局长也不会往外说的，能捂多严就会捂多严。实际上，你和周局长通电话的那天晚上，我邀请三位同事在我家打了一个通宵的麻将，一旦有人真的要调查我'嫖娼'的事件，他们都可以给我作证明，到时候，你也只能说是认错了人或是有人冒了我的名字！所以说，这不是一步险棋，而是妙着！"

我弃权

"在投票的时候大家要注意，你们在座的这些正股级干部人人都够条件当这两个副局长。"

刘副部长这句话最近两年已经在我们局说过三次了。

第一次是前年的夏天，我们单位的王副局长到线了，副局长的位子有了空缺，刘副部长带领组织部的人来我们单位考察干部，进行民主投票推荐。我们这样一个几百号人的大局，把全部人员组织起来投票是很难的，所以刘部长就安排让50名正股级以上干部作代表进行投票。投票前他特意这么强调了一下："你们这些在座的正股级以上干部人人都够条件当这个副局长。"

那次，我们单位50个有权投票的人基本上是一人得了一票。最多的一个人得了三票。我估计那个得三票的人除了他自己投自己一票外，肖局长和吴副局长的票也投给了他。因为我们单位民主推荐票没有人过半数，也就是说在我们单位没有推荐出副局长人选，所以，后来，组织部就派来了他们干部科的赵科长当了我们的副局长。

第二次是去年春天，我们的吴副局长调到其他单位工作，副局长又有了一个空缺，刘副部长又带领组织部的人来我们单位考察干部，投票前，他又这么嘱咐了一句。于是投票结果和上次一样。不久，组织部又派来了他们组织科的孙科长当我们的副局长。

今年，肖局长到线了，赵副局长成了我们的局长，孙副局长在我们这儿过渡了一下，就到别的局当局长去了。于是我们这儿一下子又空出来两个副局长的位子。我们这些局里的老科长、老骨干，都想借此前进一步。像我这样成绩突出的多年老正股按常规也很有希望迈出这一步。

可是想不到刘副部长这次又再次说出这句话来！

嘿嘿，这显然是在引导！

我们局虽然不错，但领导层也不能总是进你们的科长吧？我们本局的人也要求进步呀！

说实在的，我对民主推荐过半数这种做法一直存有疑问。就像我们局，光正股级就50个，都只和副局长差半个级别，谁不想进步？可是偶尔有一两个副局长名额，就是你不引导，谁不投自己一票呢？可是如果一直这样投票，谁又能过得了半数呢？就是偶尔有人想把自己的票投给别人，可是你既然一再强调"在座的正股级干部人人都够条件当这两个副局长"，如果自己再一票没有，那不是在组织部的人面前承认自己不够条件吗？

但是人人都投自己一票，在我们局永远也不会有人民主推荐票会过半数！

其实我上两次就已经对刘副部长的这种做法大大不满了，这次听他又是这么强调，知道我们这些正股们在这么好的机会面前又一次没有指望了。我再也忍不住了，就站起来说："各位领导和同事，这次投票都不要投我，我弃权！即使我的票过半数了，我也不当这个副局长。"

其实我知道我不这样说我的票一样过不了半数，我心里清楚得很！

刘副部长听了，有些不高兴："你这是什么态度嘛！如果都像你这样，我们的民主推荐还进行不进行？"

我毫不示弱："反正我不当这个副局长，你们爱怎么着就怎么着吧！"说完我挪开椅子，出了会议室的门，扬长而去。

出了门，我也一阵后悔，这样一来，我不但这次进步无望，将来也别想了，得罪了组织部，可不是闹着玩的啊！但事已至此，已经无可挽回。

可是民主推荐的结果却大大出乎我的意料：少我一人之后，我们单位49个人参加投票推荐，我居然得了49票，而其他人仍然基本是一人一票。

过了不久，虽然我假意要兑现诺言一再推辞，但在组织部的一再催促下，还是个人服从了组织，走马上任了我们局的副局长。

你想，一个民主推荐得了满票的老科长、老骨干如果当不了这两个中的一个副局长，那算怎么回事？何况这件事已经引起了县委书记的高度关注呢。

官 路

我们村庄春季鸟语花香，秋季硕果累累，山清水秀，民风淳朴，是一个非常迷人的地方。美中不足的是，这个村庄坐落在大山深处，没有一条通向外界的公路。

因为没有公路，我们出山全靠步行，一个成年人不背什么东西出一次山也得六七个小时，村里生产的优质瓜果无法运出去，孩子上学只能寄居在亲朋家里，如果有人生了重病，更是难以得到及时的救治。两年前，村长的老婆就是因为得了急性阑尾炎，还没抬到山外的医院就死了。

修条通往山外的公路，成了我们村所有人最大的愿望。

村长向乡里和县里跑了无数次腿，打了无数个报告，上面却一点动静也没有。我看到，自从老婆病死在山路上之后，只两年多的时间，才40多岁的村长头发就全愁白了。

有一天，我们村来了个60多岁的老人，看到我们村风景如画，一个劲地赞不绝口："太漂亮了！太漂亮了！真是一块人间胜景、风水宝地啊！"

他说这话时，正巧村长路过他身边："漂亮有什么用？风水宝地又有什么用？外面的人进不来，里面的人出不去！我们这一村几百号人全都被困死在这儿了！"

老人听了，笑了笑说："修条公路应该不是什么难事啊！那要看你们用不用心。"

村长说："你说得倒轻巧！从这儿修到山外，没个千把万能行？我们不是不用心。可是上面不管我们，我们也没钱修啊！"

老人说："我看你们这儿也确实是个好地方，如果你看得起我，那我就帮你们修条路吧。"

村长很是惊讶："你能帮我们修路？那你要多少钱？"

老人说："我不要你一分钱，路修好后，只要你山上的亩把地就行。"

村长说："好说、好说。地我们有的是，别说是亩把地，就是十亩、百亩，这山上的地也随便你挑！"

老人说："那好，咱们击掌为誓，一言为定！到时候你可不许反悔啊？"

村长和老人击过掌，坚决地说："谁要是反悔谁就是孙子！"

话虽这样说，但是村长却根本没有把老人的话当一回事，认为遇到的只不过是一位爱吹牛的人罢了，因此，连顿饭也没有管他。

可是让人想不到的是，两个月后，竟然真的有人来我们村里勘探线路，三个月后，通往村里的公路竟然开工了！

公路开工后不久，那位老人再次来到我们村，村长用我们村最高的规格接待他。

酒足饭饱之后，众人散去，村长无限敬仰地问老人："您是如何能帮我们村修这条公路的呢？"

老人看看左右无人，就说："我是一名风水先生，在全国还算有一点名气吧。前一段时间县长听人家说他家的坟地风水不太好，就通过朋友偷偷地找到我，请我给他寻找一块风水宝地。我查访到你们这儿，看到这儿山水地势很不错，回去就对他说，如果将他老爸的坟迁到此处，不出五六年，他就会升为市长。当然，迁坟前得先把'官路'修通。于是，为你们村修这条公路，就被县长定为今年本县的十大民生工程之首了！"

村长恍然大悟："原来如此啊！真是多亏您老人家帮助了！"

老人郑重地对村长说："这件事的原因你一定要让它烂在肚子里，不要和任何人说起啊。"

村长一个劲地点头："那是一定的，一定的。我还一定保护好县长父亲的坟地，你们就一百个放心好了！"

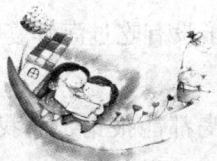

局长请咱喝了酒

昨天，我的客车超载，被交通稽查大队的吴队长查着了。吴队长说超载一人要交 1 千的罚款，我的车多了 8 人，就要罚款 8 千。

我又是递烟，又是求告，好话说尽，只降到了 4 千。

吴队长说："再少一分钱也不行了！"

这时，我突然想起我一个郝姓的远房亲戚正好是交通局的局长，听说他待人很热情，办事很廉洁，他的廉政勤政事迹经常上报纸，所以大家都管他叫"好局长"。

于是我到交通局找到了他。

郝局长听我说明了我们的亲戚关系和事情的原委后，非常热心："这事好办！"说完，郝局长就拨通了吴队长的电话："是吴队长吗？你到我办公室来一下！"

然后，郝局长让我坐下，还亲自给我倒了一杯水，让我感动得不得了！

十来分钟后，吴队长来了，郝局长对他说："这是我的一个亲戚，你要多多照顾！"

吴队长笑了笑说："这真是大水冲了龙王庙了！既然是您的亲戚，那就象征性地只罚 200 吧！"

我一听，非常高兴。咱超载是应该被罚的，但是人家局长只轻轻地说了一句话，就给咱省了 3 千 8！

我怕吴队长反悔，忙从口袋里掏出了 2 百元递给他。

"罚什么罚！"郝局长说，"我老家轻易不来人，款不能罚，我还要请他吃饭。吴队你找几个人陪着吧！今后认识了，你们要对他多多照

顾啊。"

说完，郝局长从吴队长手里拿过那2百元又塞到了我手里。

吴队长说："那我们去圣帝亚吃海鲜吧。"

郝局长说："好吧。我这兄弟怕是一辈子没有吃过海鲜宴呢。他们挣点钱也是不容易的！"

我简直受宠若惊！心想，反正他们吃喝都能报销，而我今后跑车，还得天天归他们管，用他们的时候多着呢，就跟他们去见识一下世面吧。

郝局长叫了四个局领导作陪，吴队长叫了他三个兄弟捧场，这档次真让我激动得热泪盈眶。

落座之后，郝局长问我："你想喝什么酒？"

我诚惶诚恐地说："什么都行。"

吴队长说："那怎么行呢！你是郝局长的亲戚，又轻易不来，得喝点好酒。我们就喝五粮液吧。"

郝局长说："就是，不能亏待了我农村的兄弟。他们的日子现在还是很苦的。"

说完，郝局长又问我："你喜欢抽什么烟？"

我还没有说话，吴队长抢着说："就抽软中华吧！这位兄弟平时一定不肯吸这种烟，也让他改善一下生活！"

……

两个多小时后，郝局长醉了，吴队长醉了，十个人已经醉了七个了。

这顿宴席吃得大家都很满意。

站起来要走的时候，吴队长又每人发了一盒软中华。

他对我说："兄弟，哥哥再送你一盒中、中华，见了你的朋、朋友，也让他们吸、吸根好烟！"

我想，怪不得人家能当领导！看，人家当领导的想得就是周到。

我千恩万谢地接过来软中华，小心谨慎地放进上衣口袋里。

等我毕恭毕敬地送领导们出了圣帝亚大酒店，正要打的回去，却被酒店的服务生拦住了："先生，请您结完账再走！"

"这，这？"我莫明其妙。

服务生笑了笑说："您是开客车的吧？您有什么疑问吗？"

　　我只好跟着服务生回到前台。一看账单，我顿时傻了眼：8 瓶五粮液，5 千元；12 盒软中华，1 千；一桌海鲜，2 千整……

　　今天一早，我就接到了郝局长的电话："昨天我一不小心喝多了，这次不算，哪天我再好好请请你啊！谁让咱是亲戚呢！"

鉴定大师

我是本省很有名气的古玩鉴定专家。

我堂哥刘金宝是做古玩生意的，他常常请我帮他去鉴宝古玩。

一天，堂哥提了点礼品来到我家，对我说："我看上了集宝斋里面的几件古玩，感觉如果现在按他们标的价钱买回来，将来一定能赚大钱，但我又觉得拿不准，所以想请你去帮助鉴定一下真假和成色。如果这几件都是真货，就请你帮我多挑毛病，借机压一下他们的价钱。不知你有没有空？"

我正巧那天没事，就对堂哥说："好吧，我帮你去看看。"

我陪堂哥一起驱车赶到了集宝斋。

集宝斋的老板孙有余一眼就认出了我，忙点头哈腰地笑脸相迎："您就是咱省电视台鉴宝栏目里的鉴定专家刘大师吧?! 您怎么有空到俺这小店里来了？"

我笑了笑说："我早就听说过你的集宝斋里有很多的宝贝，今天无事可做，就和我的这位朋友一起来逛逛。"

孙老板忙说："欢迎、欢迎！这位朋友前几天还来过我的小店里呢。你们随便看。如果方便的话，就请刘大师您帮我鉴定几件藏品。"

我说："好说！好说！"

堂哥找到了他相中的那件青花盘，让我看一看怎么样。我看后一脸惊讶地说："这可是元代的青花瓷，可以说是价值连城啊！孙老板，您怎么只标价两万？这个盘子价值二十万都不止啊！"

孙老板一听，大吃一惊："是吗？我还以为是一件普通的古玩呢！请您再帮我看看其他的东西，好吗？"

　　堂哥听了我的话，也是一脸的惊讶。我知道他惊讶的不是瓷器本身，而是我不但不帮他压价，而且还将这件青花盘子的价格抬高了十倍！

　　这时，堂哥又拿起一件青铜佛像让我看，我认真地研究了一下这尊佛像，又对孙老板说："这尊佛像是北宋早期的精品，现在的市价要在一百万以上，你怎么只标了六万呢？我们鉴定行业有个规矩，就是作为一名鉴定专家，只能鉴定，不能收藏，怕的是在鉴定时会不公正，要不然，我早就将它给买去了！"

　　孙老板听了，激动地说："谢谢，谢谢，真是太感谢您了！我搞了这么多年的古玩生意，其实对鉴定真的是个外行啊！多谢您帮我鉴定了这两件宝贝！请您再看看其他的东西好不好？"

　　我说："好，好，不客气！可能是职业习惯，我见到好东西就会爱不释手，忍不住要评价一番！"

　　这时，堂哥又拿起一件玉牌让我看，我仔细看了几遍，然后说："黄金有价玉无价！这件玉牌虽然属于民国年间的东西，算不得是古玩，但原料却是上等新疆和田玉黄皮白玉籽玉，雕工又是出自民国玉雕大师崔森林之手，您只标8万元，显然是不懂行情啊！你最少要在现在的标价后面加上一个零，才能基本体现它的价值！"

　　在孙老板的一再要求下，我利用一大晌的时间，基本将集宝斋里的重要藏品都鉴定了一遍。

　　到了饭时，孙老板兴奋地请我到海洋鱼翅皇宫吃了一顿海鲜。虽然这一桌花了一万多元，但孙老板却觉得超值，席间还一个劲地对我道谢："真的太感谢您了！请您一定要常常到我的小店里来玩啊！"

　　临别，孙老板又给了我一个真皮小黑包："您帮我鉴定了这么多的东西，这是一点小意思！请您一定笑纳！"

　　我将小包提回家，打开一看，里面有五万元的"鉴定费"。

　　从集宝斋回来之后，堂哥只要一见我的面，就会对我发牢骚："我让你帮我看看东西，你不帮我砍价也就算了，为什么还一个劲地帮他们抬价？有的还要抬到他们标价的十几二十倍之高！这下好了，我本来看好的东西，却一件也买不成了。"

　　每当堂哥对我发牢骚的时候，我总是说："孙老板那儿的东西确实都

是好东西嘛！他原来的标价也确实是太低了嘛！"

在此后一年多的时间里，我虽然密切关注着集宝斋的一切动态，却没有再踏进去过一步。

前几天，我通知堂哥："孙老板的集宝斋就要关门了，现在他正在处理他的古玩，你如果有兴趣，就快点去看看吧！"

……

今天一大早，堂哥又提了些礼物再次来到我家，兴奋地对我说："你通知我之后，我立即去了集宝斋。当我赶到的时候，孙老板正在含泪大甩卖呢！我看着很合算，于是就将他的集宝斋给盘过来了！"

我平静地说："这正是我意料之中的事。"

堂哥不解地问："你怎么知道他现在会关门大吉？"

我说："一年多以前，我不是将孙老板的藏品鉴定价格都提高了十几二十倍吗？孙老板相信了我的话。此后，孙老板就一直按我说的这个价格卖古玩，结果，在一年多的时间里，他连一件也没有卖出去，最后债台高筑，只好关门歇业，于是集宝斋就整个地归你了。"

堂哥听了，恍然大悟："高，您这招真是高啊！"

买龙头

那天晚上两点多钟的时候，我被洗手间里传出的一阵"哧哧"的急促响声惊醒，忙起身披衣去查看，却看到那里的水龙头正在往外喷水。我忙去拧水龙头，却怎么也拧不好。原来水龙头坏了。

眼看就要水漫房间，必须立即更换水龙头！我赶紧用旧衣服和塑料袋包了一下出水处，就急忙下楼去找建材门市购买配件。

我心里着急，见到了一家建材门市的门就"咣咣"地一阵猛敲。过了一会儿，我发现从下面的门缝里塞过来几百块钱！我说："我不要钱！快点开门！"我还没说完，下面又塞出来几百块钱："大哥，您就饶了我吧，我家里就这么多现钱了，已经全都给您了，如果您觉得太少，明天晚上您就再来拿！我的命又不值钱，您就拿了这些钱快点走吧，我在里面给您跪下了！"

这算怎么回事！他把我当成抢劫的了！既然你冤枉了我，这钱我拿就拿吧！于是我拿了这千把块钱，又去敲另一家建材门市的门。"咣咣"地一阵猛敲之后，门下面又塞过来几百块钱！我说："我不要钱！快点开门！"我还没说完，下面又塞过来几百块钱："大哥，您就饶了我吧！我这可是第一次把小姐领进门市里过夜，下次再也不敢了！您要是闹开了，我的家就散了。求求您拿了钱快点走吧。您要是觉得钱少，我明天再取一些，您明天晚上再来拿好了！"

原来是嫖娼的！这钱得拿！我于是拿了这千把块钱，又去敲另一家建材门市的门。"咣咣"地一阵猛敲之后，门下面又塞过来几百块钱！我说："我不要钱！快点开门！"我还没说完，里面又塞过来几百块钱："大哥，我们这是朋友们第一次在一块玩，玩的钱也不大，这些钱已经全部

给你了，我们下次再也不敢了！您就拿了这些钱快点走吧！"

原来是赌博的，这钱不拿白不拿！我于是拿了这千把块钱，又去敲另一家建材门市的门。"咣咣"地一阵猛敲之后，门下面又塞过来两三千块钱！我说："我不要钱！快点开门！"我还没说完，里面又塞过来两三千块钱："大哥，我知道您盯了我们很久了！这次我们可什么粉也没有弄啊！您就是开了门，也是啥也搜不到的。您还是拿了钱快点走吧！您如果觉得钱太少，明天晚上您再来这儿拿！求求您了！这可是杀头的罪啊。您可千万别说出去，更别报警，不然，我们的命就保不住了！我在里面给你跪下了！"

原来是贩毒的！这钱更得拿！我于是拿了这几千块钱，又去敲另一家建材门市的门。"咣咣"地一阵猛敲之后，门下面又塞过来几百块钱！我说："我不要钱！快点开门！"里面的人小心地问："您不要钱，那您要什么啊？"我说："我要买只水龙头！"里面的人又问："您半夜三更的来敲门，难道真的只是为了买只水龙头？"我说："是啊，我家的水管正喷水呢，不马上换上新水龙头家里就要淹了！"那人仍不放心："这么说，你是真的来买水龙头的？"我说："是真的啊，绝对是真的！要不，大半夜的，我不在家里睡，跑到这儿干什么啊！"这时，门突然开了，门里站着一个五大三粗、凶神恶煞的大男人，手里还提着一个顶门棍。只见他先是一把抓起地上的钱，然后挥着顶门棍朝我吼："快给我滚蛋！你再敢待在这儿一秒，我就打断您的狗腿！"

我忙抱头鼠窜而去！

折腾了一晚上，我也没买成水龙头。天快亮的时候，我回到了家里，看到家里的东西已经全部泡在水里了。但从那晚的经历中，我却发现了一个发财的好门路，从此，每天的晚上两三点钟，我就去猛敲那些建材门市的门……

推 销

我们的菜刀厂今年一直很不景气，到了腊月中旬，老板发给我们每位工人二百把大菜刀，算是抵了我们今年最后两个月的工资。无奈，我们只好自己想办法去推销。

这天傍晚，我先将自己打扮一新，又用包袱包了十几把大菜刀背在身后，然后随着下班的人流，顺利地混进了本城最豪华的生活小区帝都豪庭。

来到一号楼一单元，我敲了一下101室的防盗门。不久，一位五十多岁的男人打开了房门。我忙从背后抽出了一把明晃晃的大菜刀准备向他推销，没有想到这个男人一下子就给我跪了下来："大哥，我是一个房地产开发商，只要您不杀我，您要多少钱我都给您！"我忙解释："不，不，我只是想……"那个男人根本不听我的解释："大哥您稍等。"说着忙起身去博古架上拿下来一个大黑包递给我："这里面有四十万现金，如果您觉得不够，您就明天再来拿！"……

我提了那个大黑包出来，又去了二号楼的二单元，敲了一下202室的防盗门。很快，一个四十来岁的男人打开了房门。我忙从背后抽出了一把明晃晃的大菜刀准备向他推销，没有想到这个男人又一下子就跪了下来："大哥，我是一个当官的，家里有的是值钱的东西，只要您不杀我，您爱拿什么就拿什么！那不，桌子上的那个玉佛像就值几百万，我去给您拿来！"我忙解释："不，不，我只是想……"那个男人根本不听我的解释，忙起身："大哥您等一下，我这就将那个佛像给您包了。"……

我提了那个大黑包和玉佛像，又去了三号楼的三单元，敲了一下303室的防盗门。不一会儿，一个三十来岁的女人打开了房门。我忙从背后

抽出了一把明晃晃的大菜刀准备向她推销，没有想到这个女人突然大笑了起来，然后就一下子搂住了我："我说大哥啊，你想来玩就玩呗，还玩得这么刺激啊！"说完，她只一瞬间就脱光了自己的衣服，然后又来解我的扣子……

从那个女人家出来，已经是大半夜，我回到租住的小破屋，感到非常地莫明其妙，我只不过是想推销一下我的菜刀，怎么会遇到的全是这种事呢！

我正在纳闷，突然想起，那个装有几十万现金的大黑包和价值几百万的玉佛像还有十几把大菜刀，全都落在了那个女人的家里……

失足者

有一天深夜，我在一家酒店喝了半斤多白酒，然后步行回家。

正当我走到半路的时候，突然听到有人高声叫喊："救命啊！救命！"

我醉眼蒙眬地搜寻了好一会儿，才发现呼救声是从不远处的一个下水道口里发出来的。

我知道，我们这儿的下水道有两米多深，口小，里面却非常宽大，一个人如果掉进去，没有外面的人帮助是根本出不来的。

于是我忙往那儿跑，准备去救这位失足者。

正在这时，我听到下水道里面的那个人又高声叫道："快点救我出来啊！我是咱县的张副县长，你如果救我出去，我什么事都能给你办成！"

什么？你是张副县长？就是那个贪污受贿包二奶的张副县长？那我不能救！坚决、坚决地不能救！于是我立即绕过下水道口，向家的方向走去。

走过去几十米，我又有些犹豫了，虽然我很不情愿，但咱不能见死不救啊！

大约又听到了我的脚步声，那个人又在下面大声地呼救："快来救救我啊！我是咱县金元建筑公司的王老板，如果您救我上去，我给你一套200平的新住房！"

什么？你是王老板？你就是那个野蛮拆迁、逼死人命的王老板？那我更、更不能救！绝对、绝对地不能救。于是我掉头又往回走。

走过去几十米，我又折了回来，虽然我更不情愿，但咱总不能真的见死不救啊！

等我走到下水道口边的时候，下面的那个人更加急切地呼叫："我是

咱西关医院的李院长，下面的水已经淹到我脖子上了，您快点救我出去吧，救我上去后，我什么病都能给你看好！"

什么？什么？你又成了李院长了？你真的是那个唯利是图、见死不救的李院长啊！那我说什么也不会救你！嘿嘿，想不到你也会有今天啊！

我正幸灾乐祸地吹着口哨，大踏步地走在回家的路上，突然听到下水道里面的那人声音微弱地在喊叫："我是平民小区门口卖菜的老赵呀，快来救救我啊！再不救我就不行了！"

什么？你是老赵啊！我说声音咋觉得有点熟呢，昨天买菜时你还多给我一个土豆呢！你可是咱老百姓最离不开的人，你可不能死啊！

于是我飞也似的赶回下水道口，先让自己趴在地面上，然后伸下手臂，抓住老赵的手，轻轻地一用力，就将瘦弱的老赵给拽了出来。

看着浑身湿漉漉、冻得直发抖的老赵，我一阵猛熊："我说老赵啊老赵，你也真是的，掉下下水道就直接说你是老赵就行了呗，还一个劲地在那儿瞎编个啥！再编下去你就没命了，知道不！"

老赵也很委屈地说："他们三个可都是我们县的大名人啊！我这样做本来是想快点儿让人把我救上来的，哪里知道这三位这么招人恨呢！"

我问老赵："你说你一个大活人，怎么会掉进下水道里去的啊？"

老赵说："我这不是喝了点酒嘛，刚才在路上，我对一个人吹嘘说我是咱县拆迁办的孙主任，结果就被那个人一脚给踹了下来！"

抓 捕

大年三十的夜晚，天空中下着鹅毛大雪。

我和张队天刚黑下来就隐蔽在离李大明家三十来米远的地方，那儿正对着李大明家的大门，有一条小沟，没有水，沟边倒是有几个柴火垛，正好可以藏身。

已经晚上八点多了，我问张队："你说李大明今天晚上会回家吗？"

张队说："我有一种预感，他今天一定会回家！"

我兴奋地说："真的啊！那我们就要立功了！"

张队听了，叹了一口气说："唉！年轻人别整天尽想着立功受奖。其实我的预感老是不准。自从李大明八年前做下了大案，我每年的年三十都预感到他会回家，结果没有一次准的。所以，以前七年的除夕夜，我都是在这个小沟沟里趴着度过的！"

正在这时，我看到一个中年男人背了一个大包袱，轻手轻脚地踏着积雪走近了李大明家的大门。

我轻轻地问张队："这个人是李大明吗？"

张队说："正是他，追踪了整整八年了！他就是化成灰我也认得！"

我忙要站起身："那我们抓紧时间行动！"

张队一把把我拉下来："不急！"

显然，李大明已经和家里联系过了，他家的大门是虚掩着的。他推开大门进去，又立即从里面将大门闩上了。

我和张队伏在那小沟里又等了很久。隐隐约约能听见别人家电视机里传出来春节联欢晚会的声音，便想起平时一家人在有暖气的房子里坐在一起看春节联欢晚会的情景。又想到这七八年的除夕张队都是趴在这

儿听着新年的鞭炮声度过的，真不知道他和他的老婆孩子会怎么想！

我更不明白的是，犯罪嫌疑人明明就在家里，张队为什么却不下令抓捕而要让我们俩在这冰天雪地里干冻着！如果我们现在开始行动，只几分钟行动就结束了，而行动一结束，我就可以回家陪父母看电视去了，张队也可以老婆孩子热炕头地围在一起边吃边看春节联欢会！

尽管很是想不通，但看张队还在这儿静静地守着，眼像鹰一样盯着李大明家的大门，我也只好陪着他，不再多问。

午夜的钟声响了。张队对我说："现在我们翻墙到他院子里去，守在他房门前，防止他从哪侧的墙头跳出去逃走。翻墙的时候，注意不要弄出声音。"

我疑惑地问："我们为什么还不去抓他？"

张队笑了笑说："结了婚，你就会知道了！我们不差这一会儿。"

雪仍在下着，我们守在李大明家的房门两边，感觉比趴在小沟里时更冷。

我裹紧了大衣，想活动一下手脚，张队忙俯在我耳边轻声说："不要动，不要动，千万别弄出声音来！"

我说："张队，你有根烟吗？"

张队说："你不是从来不抽烟吗？"

我说在："太冷了，有点受不了。"

张队说："我准备了好几包呢，先给你两包，你随便抽。注意隐藏火光！"

这时，我们清楚地听见李大明家的屋子里的大木床发出吱吱的声音和男人的喘息、女人的欢叫。

张队笑了笑，附在我耳朵边小声地问："知道里面在弄啥吗？"

我也笑了："知道。"

张队又神秘地问："干过这事没？"

我说："还没有呢！"

张队说："奶奶的，听见这声音，我还真想你嫂子了！也是啊，一个男人，都八年没有回过家了，见了老婆，不弄出点大动静才怪呢！"

我们仍在门外等着，也不能动弹，不久，就都成了雪人，浑身上下

全白了。

　　凌晨五点多的时候，李大明家的房门轻轻地开了。

　　李大明刚一走出房门，我和张队就迎了上去。

　　张队边走边说："新年好！"

　　李大明大吃一惊："你们是？"

　　我和张队一边一个将李大明夹在了中间。

　　张队拿出了一张拘捕证说："我是县公安局刑警大队张队长。"

　　李大明问："你们是怎么知道我在家的？"

　　张队说："昨天晚上8点15分你进家的时候我们就看见你了！"

　　李大明低头看到了雪地上那一地的烟头，激动地说："你们真的在门口等了一夜？"

　　我说："是的。"

　　李大明说："非常感谢你们！我这就跟你们走。我认罪，我伏法。"

广告部主任

我是一家企业的广告部主任，我的衣服口袋和背包里总是装满了我们公司的宣传材料，以便在各种不同的场合、不同的时机及时向大家推介我们的公司和产品。

一天中午，我正在牡丹区步行街上寻找着商机，突然，看到前面的一幢大楼前围了一大帮人，大家都在那儿交头接耳，紧张地议论着。我以为这又是一个宣传我们公司的好机会，就立即走了过去。

走近一看，我不由得大吃一惊！原来楼前靠墙处，一个三十来岁的男青年正用左臂搂着一个七八岁的小女孩，右手用一把锋利的匕首抵住小女孩的脖子，小女孩的脖子上已经有了点点的血迹。

我看了，很是着急，就小心地向前走了几步，尝试着和这个年轻人进行交流："你为什么要绑架这么小的一个小女孩啊？"

那男青年说："我活了三十多岁，什么本事也没有，什么事也干不成，什么人也没有拿正眼看过我一次，我活得太窝囊了！我不想活了！"

我说："你不想活了，也不用绑架一名小女孩啊？"

男青年说："我死前想让大家关注我一下！让人们知道这个世界上还有过我这样一个人！"

我说："这小女孩太小了，我可以替下来她吗？"

男青年说："当然可以。不过，这事你可要先想清楚了！我可是真的不想活了，临死我要找个垫背的！你替下来她，你就得死！"

我说："行！这小女孩实在是太小了，她的人生才刚开始，还什么也不知道、什么也没有享受过呢，这么早死了太可惜了！我活了快五十岁了，大大小小的事情都经历过，死了也没什么遗憾了，就让我陪你一同

上路吧。这样，在黄泉路上，咱哥俩也好做个伴，聊聊天。"说完，我走向前去。

于是，男青年就用匕首抵住了我的脖子，放开了那个小女孩："我们等一会儿再死，我得让更多的人注意到我的存在！"

我说："好！那我们何不让他们打电话让电视台和报社的人也都过来，这样，你就能上电视和报纸了，就会有更多的人知道你。"

男青年说："好！"然后，他向围观的人群说："你们快点打电话让报社和电视台的人都过来！"

其实，早就有人打电话报了警并通知了各家新闻媒体。不久，警察们来了，各报社、电视台的记者们来了，围观的群众也越来越多。于是我对男青年说："兄弟，你看这么多的照相机和摄像机对着你一个劲地拍，这下你一举成名了，死而无憾了！"

男青年说："是的！"

我又请求男青年道："请您让我在临死前也为我们公司做最后一件事好吗？"

男青年说："什么事，你说！"

我说："我是做广告宣传的，今天来了这么多的群众和记者，是一个很好的宣传机会啊！您就让我把我们公司的宣传条幅拿出来展示一下吧。这样，各大新闻报刊一登，一定会很有利于我们产品的销售。我们的产品每卖出一件，就会向咱市的失学儿童基金会捐献一块钱，如果因此能卖出更多的产品，大家都会非常感谢您的！"

男青年说："那好吧！"

于是，我从背包里掏出了我们公司的宣传条幅，双手举过头顶，向大家进行展示："请大家多多关注我们的公司！多多购买我们的产品！只要您购买了一件我们公司的产品，我身边的这位大兄弟和全市的失学儿童都会非常感谢您的！"

我的这一举动立即引起了全场的轰动！记者们手中的照相机摄像机更是一个劲地猛拍！

那名男青年定定地看了我好久，突然将匕首扔到地上，抱着我的肩膀放声大哭起来："大哥，你临死前还想着你的企业，还想着失学儿童！

我、我却从来没想到过别人！我这个人太自私了！我、我……”

我见状，也将男青年紧紧地抱住，然后对他说："兄弟，你不要再多说了，一切都会好起来的。哥再求你一件事好吗？"

男青年说："您有什么事，尽管说！"

我说："我想请您帮我将这幅大点的广告条幅展开好吗？"

男青年说："好！"

于是我又从背包里掏出了一条更大的条幅，我扯住了条幅的一端，让男青年扯住了另一端，我们俩将一条大幅广告全部展示在了大家的面前……

所有在场的警察、记者和围观群众都被这一幕惊呆了，等他们明白过来怎么回事之后，全部报以最激动、最热烈的掌声！

当天下午，我和男青年的故事就登上了各大电视台和网站的新闻栏目，第二天一早，我们的故事又上了各大报纸的显要位置。不久，我和我们的企业就红遍了全国，男青年也得到了最宽大的处理。

后来，有位朋友问我，面对死亡的危险，我为什么会表现得如此从容、淡定和勇敢，我笑而不答。

其实，凭我多年向各色人等做广告的经验，当时我一眼就已经看出，这名男青年虽然表面上看来非常凶恶，但实际上，他根本就没有真的去杀人和自杀的勇气，对我构不成任何实质性的威胁。

杀俩人不是做一场游戏

故事发生在十年之前。

那天我去朋友赵新家串门，看到他正怒气冲冲地在磨一把长长的匕首。

我不解地问："你磨这东西要去做什么？难道要去杀猪？"

赵新恶狠狠地说："我不是去杀猪，是去杀俩人！杀俩连猪也不如的人！"

我大惊："怎么回事啊？"

赵新说："我最要好的朋友孙贵背叛了我，他用阴谋夺去了我的全部财产！我最亲爱的老婆小雪也背叛了我，跟着孙贵去睡了！我今天一定要亲手杀死他们，以解我心头之恨！"

我说："杀俩人可不是做一场游戏啊！你能详细给我说一下你和孙贵是如何一块从农村老家出来创业的，他又是如何谋夺了你的全部财产，你的老婆又是如何背叛你的吗？"

赵新用了近三个小时的时间给我详细讲了这些经过。我听了，也气愤地说："这俩人真的太应该杀死了！我不反对你除掉他们！但是你能将这些经过更详细地写成文字材料吗？你写出来我替你保存好，也好将来让人们知道他们俩的死是罪有应得！"

赵新说："好吧！我详细地写下来交给你。"

过了几天，赵新打电话通知我，这份材料他已经写好了，让我去看看写得行不行。

我去他家，看完了这份几万字的详细材料，立即赞不绝口："你写得真是太棒了！简直就是一部非常出色的中篇小说！如果你同意，我可以

帮你改一下，再让我的一个编辑朋友发在他们的刊物上！如果你坚持写下去，你一定会成为一个出色的大作家！"

赵新听了，有些惊喜："真的吗？我还真没有想到过要发表文章，更没有想到过要当作家。"

我说："你如果真想当作家，你一定行！不过，我看过你写的这么出色的纪实小说之后，更坚定了我的看法，这俩人真的应该死！当然，当作家的事以后再说，当务之急，是如何将这俩人杀死！你能给我谈谈你的计划吗？"

赵新详细地和我谈了他杀人的计划，我听后，点点头说："我觉得你这样去做肯定能成功！不过，杀俩人可不是做一场游戏，你可以将你的这些计划详细地写成书面材料，然后再让我看一下是否还有什么纰漏。"

赵新说："好吧，我再好好想想，好好写写，不当之处，请你多多指点。"

我说："一定，一定，杀俩人这样的事，一定要考虑周全才能行动，不能太冲动、太盲目。"

又过了几天，赵新来到我家。我看了他写的杀人计划，果然，从孙贵和小雪的活动规律、杀人的时间、地点，杀人后掩盖罪行的方式方法等都写得非常详细。

我看后，击节赞叹到："你不但是一名出色的作家，还是一个天生的杀手！我真是服了你了！不过，杀俩人可不是做一场游戏，你一旦行动后就无法再挽回了。我想请你再好好想一下，如果你不去杀他们，是不是还有更好的报复他们的办法呢？比如对他们采用宽容的态度，在道德上打败他们；又如你选择东山再起，在事业上打败他们；再如你选择写作，当一名成功的作家，在更高的精神世界上打败他们！"

赵新听了，点点头说："我这几天被愤怒冲昏了头脑，还真没有想过以后如何做的事呢。"

我说："那你现在不妨就向我谈谈如果不杀他们，今后将会怎么办？"

赵新仔细地想了好久，然后向我谈了谈他的打算。

我说："你回去后再好好想想今后的事，不妨也写个书面计划让我看一下。"

赵新说:"那好吧!"

又过了几天,赵新打来电话:"谢谢你,我的朋友。是的,杀俩人不是做一场游戏!我的计划虽然周密,但杀了这对狗男女,怕我也最终难免赔上性命!这太不值得了!我决定宽恕他们现在的行为,和他们好聚好散。然后,我要进行再次创业,我要在事业上彻底打垮他们。同时,我还要坚持写作,争取成为一名出色的作家!"

我听了,大喜:"祝贺你回头是岸!也祝贺我这个知情者成功地阻止了一起杀人大案!我可以告诉你的是,百分之九十以上的杀人大案都是激情杀人。我之所以三次让你对我详细地诉说,又三次让你写出详细的材料,目的只有一个,就是让你冷静下来。我相信,任何人如果经过了这样的三次诉说和书写,都会冷静下来,都会用理智战胜激情,起码不会再去杀人了。这一点,我做到了,你也做到了!"

赵新激动地说:"兄弟,真的太感谢你了!你使我获得了新的生命!"

现在,十年过去了,您一定想知道故事的结局,那我就来告诉你。

在十年之后的今天,赵新已经成为我们市一家数一数二的大公司的老总,同时也成了一位知名作家。而孙贵的公司早已被赵新吃掉,孙贵本人则成了赵新的一名还算得力的助手。小雪呢,也早已经离开孙贵,另攀高枝去了。

被排斥的心

十余年前，我得了忧郁症，于是我就去找我的老同学、京城名医陈明博士瞧病。

陈明认真地听取了我的讲述，然后对我说："我知道你是一个有理想，有抱负，并且很有才能的人。我诊断你的病因在于你已年届三十仍一事无成，而导致你一事无成的原因，在于你身体内仍然保存着一个东西。如果你想彻底治好你的病，我可以动手术帮你把这个东西拿出来，而且取出这个东西，对你的身体不会有什么影响。"

我毫不犹豫地说："就是有影响也要取出来！还有什么事能比成功更重要呢！为了当一名成功人士，您现在就将这个东西帮我弄出来吧！"

陈明说："那好，我这就给你安排手术。当然，这个东西我可以帮你保存着，什么时候你想要，我还可以帮你再装回去。"

为了能使自己走向成功，我欣然接受了手术。

果然，术后只三年，我就由一名普通干部变成了大局局长，拥有了权力、地位和名誉。

又过三年，我又从一无所有变成了百万富翁，拥有了票子、房子和车子。

再过三年，我不仅娶上了全城最漂亮的女人作老婆，还拥有了二奶、三奶和四奶。

刚过不惑之年，我已经应有尽有。

我常常设宴感谢陈明的帮助，陈明也常常对别人说这是他最成功的手术。

前不久，应有尽有、无事可做的我突然非常怀念陈明从我身上取下来的那个东西。

于是我又找到陈明，请求他再做一次手术，将那个东西重新放回我的身体里。

陈明很快就帮我作了第二次手术。

这次手术后的第二天，我醒了过来。

坐在病床边的陈明哭丧着脸对我说："老同学，不幸得很，当我将你的良心重新装回你的身体里的时候，没有想到这十年里你的身体已经发生了很大的变化，竟然会对你自己的良心产生剧烈的排斥反应，所以，这次手术失败了！"

我说："那我还用您给我移植的那颗心吧！"

陈明无奈地说："实在抱歉！黑心一个人一生只能移植一次，您已经无法再移植，可是您对您原来的那颗良心排斥反应又太剧烈，所以，您已经无心可用，因此，您将不久于人世……"

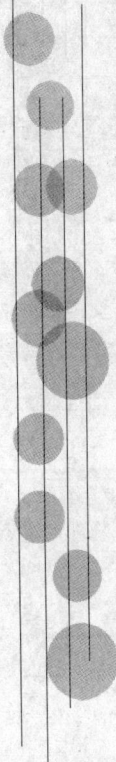

最严格的考试

前几天，市里下来一份文件，要对全市各县区副科级以上领导干部进行一次综合文化知识考试，文件上说：这次考试与以前不同，单人单桌单行，闭卷，每个场都分 A、B、C 三种卷，如果考试不及格，将被暂停职务，一周后补考，补考不及格的，将被撤销职务。有在考场作弊的，一旦发现，立即撤销职务！随通知下发的，还有三大本领导干部综合学习材料。

望着桌上的三大本学习材料，我这个局长非常地紧张：我以前的知识学得本来就不怎么样，并且早已忘光了，参加工作三十年来，又都是整天忙于日常事务和吃吃喝喝，根本没有认真学过什么新知识！而这三大本两千多页的学习材料，又涉及语文、数学、天文、地理、历史、政治、物理、化学、外语、生物等各个方面的知识，要在几天内完成学习基本上是不可能的！

临阵磨枪，不快也光！这一周内，我推掉了一切事务，关起门来认真地啃这三大本书，顾不得吃饭和睡觉，几乎达到了悬梁刺股的地步，到临考试前，终于将两千多页书看了一遍。可是，回过头来一想，大概是年龄大了，又三十多年没有学过书本知识的缘故，脑子里竟然一片空白，一点也没有记住！

没办法，时间到了，虽然高度紧张，但也只好硬着头皮上考场了！

可是到了考场，我一看到考题，当场就乐了，因为上面的题不但全是选择题，而且我全会做。比如地理部分第一题：1、中国的首都是（ ）。A、北京 B、上海 C、济南。又如历史部分第一题：1、秦始皇统一中国的时间是（ ）。A、公元前 221 年 B、公元 1911 年 C、公元 2010 年。再如生物部分第一题：1、青山羊是（　）。A、动物 B、植物 C、微生物……

这次考试，我只用十分钟就交了卷，听说全市各县区副科级以上领导干部几乎全部及格。

于是我就想，为什么要进行这样一次考试呢？不久还真打听出来了：这三大本定价210元的领导干部学习材料，是张市长的一个亲戚编的，只这一次考试，就卖掉了一万多册。

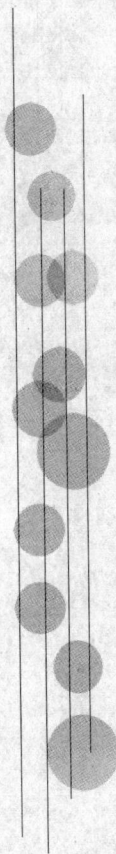

出门要带三件宝

高中毕业后，我不想在家务农，就决定到南方城市去打工。

那天早晨，我背上行李正要走，老爸说："你第一次出远门，路上一定要带着三件宝。"

我问："要带三件什么样的宝啊？"

老爸就拿出来一根短木棍，一把大斧头，一只小口琴："就是这三件宝。"

我非常不解地问："我出门就坐车，哪儿用得着这三样东西啊？"

老爸一边将木棍和斧头放到我的旅行包里，将口琴装进我的上衣口袋里，一边说："爸是过来人，知道出去打工的不易。万一你到了南方一时找不到工作，咱又住不起宾馆，当你流落街头的时候，木棍可以帮你打狗，斧头可以用来帮别人做点零活，口琴可以帮你排解郁闷。"

出了家门，我要先坐几十里的"蹦蹦车"到城里的汽车站，然后再坐二百里的公共汽车到另一座城市的火车站换乘火车。

我们家门口的这种"蹦蹦车"是由一辆加了棚的大三轮车改装而成的，棚里坐人，棚外两边挂自行车，顶上放大家的行李，后面敞口。

"蹦蹦车"行到中途，突然被人拦下，接着从后面上来一个二十多岁的年轻人，他的手里拿着一把明晃晃的匕首，堵住车棚的出口，恶狠狠地对着大家狂叫："快点将你们的钱全部拿出来，谁不听话，就一刀捅死他！"

我看到大家都乖乖地掏出了自己的钱，正准备交给那个持刀的歹徒，忽然想起我的旅行包里有一根木棍，就装作解包掏钱的样子拉开了包，然后突然掏出了那根木棍，使尽全身的力气，将木棍朝那个歹徒胸口猛地一捅，一下子就把他仰面朝天捅下了"蹦蹦车"！

看那个年轻人躺在地上起不来，"蹦蹦车"急忙启动，飞也似的向城里跑去。

到了中午，"蹦蹦车"进了城里，我换乘公共汽车往火车站赶。

天太热了，不大一会儿，大家坐到公共汽车上都闭目养起了神，有的还好像睡着了。

突然，有人高喊："汽车起火了！"

车内受了惊的乘客一下子全睁开了眼。当他们看到车厢里到处是浓烟，车尾部开始起火苗时，就一下子都提着行礼往车前面的门口挤，谁也不肯相让，结果车门立即就被挤死。车门打不开，全车的人一个人也下不了车！

火势越来越大，眼看大家都要丧身火海，我忽然想起老爸临行前往我的旅行包里放了一把大斧头，于是急忙从包里将它掏了出来，然后奋力将汽车玻璃一一砸碎。看到车窗被砸开了，大家忙从窗口爬了出去。全车四十多人全部得救了，无人一受重伤！

在我们被转移的途中，我们又看到了路边一辆还冒着烟的公共汽车。这辆车被烧得只剩下了钢铁的骨架，里面的四十多人无一人逃出！心有余悸的全车乘客都向我投来感激的目光。我也不由得从心里非常感谢我的老爸。如果不是他事先在我的旅行包里放进这么一把大斧头，我和全车这四十多人的命，就这么说没就没了，全会被烧得连个尸首也找不到！

这天下午，我终于坐上了火车，我的心里顿时踏实多了，心想，火车在自己的轨道上跑，车上还有很多乘警，总不会再出什么乱子了吧！于是我慢慢地坐在座位上睡着了。

我正做着美梦，突然感到车厢猛地一震，就听有人高声喊叫道："不好了！火车追尾了！"接着车箱就被抛离了车轨，向下坠去。随着一阵更大的震动和声响，我就晕了过去。

不知过了多久，我终于醒了过来，但我却看到这节车厢已经被人填到了火车道旁边的一个大水坑里，很多铲车正往车厢上填土掩埋！

我大声地呼救："我还活着！我还活着啊！你们不能埋！不能埋！快来救我啊！救命啊！救命啊！"

可是，可能是因为现场太嘈杂了，根本就没有人能听得见我的呼喊！

眼看我就要被活埋！在这千钧一发之际，猛然间，我又想到了老爸临行前曾经往我口袋里放入了一只口琴！于是，我摸出了口琴，奋力地吹了起来……

第一次出远门，两千多里的路，多亏了有这三件宝，我才三次死里逃生。不久，为了在砸汽车窗口时更得劲，我又将斧头改成了铁锤，为了在求救时发出更大的声音，我又将口琴改成了口哨。后来再出远门的时候，我都时刻带上这三件宝。

随着我多次死里逃生的故事被全国各大报刊和网站发表和转载，很快，我总结出来的"出门要带三件宝，木棍铁锤和口哨"这句经验之谈就在全国流行起来。

现在，如果你看到谁提着这三件宝在路上走，不用问，你也会知道他这一定是要坐车出门了。

紧急通知

今天一早，我刚坐到办公室里，电话铃就急促地响了起来。我拿起话筒来一听，是市政府办公室的周主任打来的。

我忙问："您好！周主任。这么早来电，您有什么重要指示吗？"

周主任说："王局长，我是有一件非常重要的事情通知你。"

我说："那请您稍等，我先找个笔记一下。"

周主任说："你不用用笔记。"

我说："那好，您请讲。"

周主任说："过上一会儿，会有一个二十多岁的年轻人开着一辆客货小汽车到你的单位收废品，他所收的重点是废旧的报刊吧。当然，你能弄点其他单位用不着又值点钱的东西卖给他也行！"

多年来，我和周主任工作关系和私人关系一直都很好，碰在一起的时候经常相互开开玩笑。听他正儿八经地通知我有一个年轻人要来我单位收废品，还说这是一件非常重要的事情，我以为他又是在拿我开涮，不由得笑了笑说："周主任，您和我开什么玩笑啊！如果真的有一个年轻人收废品这样的'大事'找上我的门，那也用不着你这么一个正县级大领导亲自下通知啊！如果您想来我这儿喝二两，也不需要任何借口啊，直接给我说就行了，咱俩谁跟谁呀！"

让我没想到的是，周主任却很认真地说："你先别笑。不但真有这么一回事，而且这件事你还要当成一件大事来办！我可不是在和你开玩笑！你马上通知你们各科室，将用不着的废旧报刊收集到一块，等着那个年轻人上门去收。记住噢，一定不能少于一千斤！否则，我拿你是问！"

我很奇怪："您说的这件事真的是真的啊？可是您怎么会这么关心一

个收废品的年轻人呢？卖给他的废品怎么还不能少于一千斤呢？"

周主任说："这个年轻人是一名大学生！大学毕业后他老爸没有立即给他安排工作，想让他自己先闯一下这个世界，体会一下创业的艰辛。他也没有想到很好的点子，就决定放下架子，干脆从最苦最累最基层的事情做起，所以，就想起了收废品。他把他的想法和他老爸说了，他老爸很赞成，又给我说了，我自然也没意见。今天是这孩子第一天开始收废品，一定要让他大有收获，绝对不能失败。因为咱俩关系很好，所以，我就推荐他第一站先到你这儿去。"

我说："现在大学毕业就失业的事多了去了，大学生毕业后一时找不到工作收起了废品也很正常啊。这个孩子收点废品怎么还需要您这样的大领导亲自关照呢？"

周主任说："因为其他大学生收废品很正常，我管不着！这孩子收废品就不同寻常，我不但要管，还要管到底！"

我问："难道他是您很近的亲戚吗？"

周主任说："不是，但他比我最近的亲戚，不，甚至比我的亲儿子更重要！"

我不解："可是，这是为什么呢?!"

周主任说："因为他是刘市长的儿子！"

我大吃一惊："您是说刘市长的儿子大学毕业之后真的收起了废品？第一站还要到我这儿来？"

周主任说："是的。刘市长的儿子肯屈下身子收废品，这已经是很了不起的事情了！所以，他到你那儿之后，你卖的旧报刊称要给足！价格要公道！确保刘市长的儿子第一次创业取得圆满成功！好了，你别瞎问了，我还得通知其他几个单位呢！刘市长的儿子一会儿就到你单位，你快去准备吧！他到你单位之后，你们要做得自然，要装作不认识他，装作不知道这回事。对了，你还要特别关照一下门岗，千万不要让门卫拦着了他不让进你们的大门！你一定要从讲政治的高度，认真对待这件事情，切实抓紧抓好，马上落到实处！"

我受宠若惊："是！是！多谢您关键时刻能想到我！我这就去安排。一定圆满完成领导交办的这项光荣任务！"

　　放下周主任的电话，我立即叫来局办公室主任："你马上将各科室的报刊全部集中到你的办公室里。对了，把仓库里新买的办公用品，也全部搬到那里！还有，再叫办公室去两三个人，带上几千块钱，开车去超市购买一批值钱的东西，越快越好……"

拒 贿

那天我正在家里看电视，忽然听到有人敲门。等我减小了电视的音量从沙发上站起来去开开房门，却没有发现门外有人，而门的外把手上却挂着一个黑色的小皮包。我将皮包拿进屋里，打开一看，里面竟然有5万块现金。我认真找了找，在包里也没有发现送款人单位姓名什么的。

说实在的，当局长这几年，吃点喝点收两条烟两箱酒什么的在我是常常有的，百十号人的大局，不这样做还真协调不好上上下下、方方面面的关系，但我从来不收现金，更不用说5万元这样足以把我送进去的巨款了。

看着这5万块钱，我做了难：送这样大礼的人，一定是有很大很难办的事求我吧！这年头，挣5万块钱是多么地不容易呀！可是想退给送礼的人，他却偏偏没有留下单位和姓名。这些钱我是不敢收的，我想，还是先打听一下是谁送的，如果找到了送礼人，就退给人家，如果实在找不到，明天就送到纪委去好了。

我先打电话给张老板，他想承包我们局的一项工程，最近找我说了几次，这钱是他送的面大些。张老板接了电话，听我说明了意思，连说："不是我送的，不是我送的!"我又打电话给小王，我们局最近动人，他想当副局长，我想这钱可能是他送的，可是他接完电话也连说："不是我，不是我。"我又打电话给刘支书，他最近想让我们局拨给他们村几十万元，这钱也可能是他送的，可是他接完电话，更是连说了几遍："不是不是不是。"

我连打了十来个电话，有关人员都说不是自己送的，可是这钱放在家里实在是太危险了，所以第二天一上班，我就直接将它交到纪委去了。

第二天晚上，我听到有人敲门，打开一看，站着一个不认识的人。他劈头就问："你见到昨天晚上我挂在你门上的包了吗？"我说："见了，我已经把它送到纪委去了。"他大急："那是我的包我的钱，你怎么能送到纪委去呢?!"我问他："那你怎么挂在我家门上呢？"他说："这不是送错门了吗？你快点把钱给我要回来！明天如果你不将钱还给我，我就和你没完！"我只好说等我想想办法，先打发走那个人。

送到纪委的钱怎么能再要回来呢！为了不把这事闹大，无奈，第三天中午，我只好将这几年积攒的准备买房子的钱取了 5 万给了那个送错礼的人。这算什么呢！在官场混这么多年，我还是头一回遇到这么窝囊的事！

第三天、第四天晚上，老张、小王和老刘他们十几个人都陆续来到我家，每人至少拿了 5 万的现金……

不久，我被纪委宣传成了全市的廉政模范。

老 姜

　　半年前的一天，刘主任到老朋友姜局长家串门，俩人聊着聊着，就聊起了姜局长单位里最近人事变动上的事。

　　刘主任说："老姜啊，你这次人事变动，我最不明白的就是你对小王的安排了。你怎么能把你们局里最有实权的一个科的科长让他当呢！"

　　姜局长问："为什么不能让他当呢？"

　　刘主任说："自从小王攀上了省里的一个领导做亲戚后，听说他就不太把你放在眼里了，你安排的事，他总是爱搭不理的。"

　　姜局长说："年轻人嘛，有点傲气总是难免的。"

　　刘主任说："上次上面来查你的问题，你差一点没有出大事，据说也是小王向上面反映的。"

　　姜局长说："谁能没有点问题呢！小王向上面反映的问题，我都存在，现在改了，不是很好吗？"

　　刘主任说："最不能容忍的是，你没有儿子，就这么一个闺女，小王和她谈了一年多恋爱了，俩人这就说要结婚了，他却又把你的闺女给甩了，听说他现在和省里的那个领导的女儿好上了。"

　　姜局长说："恋爱自由，年轻人的这些事，我们还是不管的好！"

　　刘主任笑了笑说："老姜啊，你以德报怨，真是大人有大量，宰相肚里能撑船啊！哈哈。"

　　姜局长也笑了："小王还算是个人才嘛！对这样的年轻人，我哪能不提拔重用呢！"

　　半年后，刘主任再次到姜局长家串门，俩人不知不觉地又聊起了姜局长单位里的事。

刘主任说："老姜啊，现在我明白了，姜还是老的辣啊！小王就那么点水平，那么个德性，根本无法和你斗！"

姜局长说："怎么能这样说呢？"

刘主任说："小王当了有实权的科长之后，才三四个月就贪污受贿一百多万元，现在已经进去了！这应该是在你预料之中的事！"

姜局长说："我可是真心实意地提拔重用他的。可是事在人为！小王出这么大的事，我也是非常痛心的！"

找 骂

前一段时间去省城出差，顺路拜访了我小时候的同学王伟。

王伟对我说："你如果有什么需要我帮忙的事，尽管吩咐！"

我说："我也没有什么需要你帮忙的事。小时候我们在一块玩的时候，你不是常常打我骂我吗？如果你近期再回到我们老家去的话，请你当着大家的面再狠狠地打我几下、骂我一顿就行了！"

老同学一听，笑了："你开什么玩笑啊？"

我很认真地说："这可不是开玩笑，如果你真的回老家，你一定要让我去作陪并打我几下，骂我一顿，骂得越狠越好！"

王伟说："那好吧！"

过了不久，王伟果然回到了家乡，在接风宴上，他特意将我请了去，一见面，就朝我肩膀上狠狠地揍了几拳，然后是一阵大骂："你小子四十多了怎么还是这么一点出息呀，工作上没有一点长进，业余也没有一点专长，工作二十年了还是那么一个小小的股级，你丢不丢人啊！我们在外面混的人还指望你为家乡多做点贡献呢！……"

陪同的人听了都很吃惊："你们这是？……"

王伟笑着对大家说："我们是光腚时的朋友，还有点亲戚关系，从小说话随便惯了，请大家原谅！"

王伟走后，立即有人来调查我的材料：在工作上贡献突出，年年考核都是优秀模范；在业余方面多有建树，奖励获得过上百种，光作品发了几百篇……

不久，我等到了任命我为某局副局长的红头文件。

王伟是我们省现任的一位大员，我那天在他的接风宴上挨骂的时候，旁边陪着的全是市县的主要领导。

安 检

财政局最近需要配备一名副局长，上面的意思是从本局提拔，而张科长和刘科长正是本局最有希望的人选。

虽然提拔一名副局长需要经过很多程序，但是张科长和刘科长心里都明白，其他的程序都是虚的，这个副局长让谁当不让谁当，那还是局里的一把手王局长说了算。

于是，一天晚上，张科长用一个黑色的真皮小包包了五万现金去王局长家里拜访，对王局长说："那个事请您一定多多帮忙，我如果当选，绝对不会辜负您的希望的！"王局长笑了笑说："放心好了，能帮的忙，我一定尽力！"得了王局长这句话，张科长也就不再多待，马上拱手离开，离开时将那个小黑包故意落在了沙发上。王局长看了，笑了笑，没有说话。

第二天晚上，刘科长也用一个黑色的真皮小包包了五万元现金去王局长家里拜访，同样对王局长说："选举副局长的事，还请您多多帮忙。"王局长笑了笑说："放心好了，能帮的忙，我一定尽力！"得了王局长这句话，刘科长说："这包里的五万元是我的一点心意，请你留下！"王局长说："这哪成呢，你快点拿走！"王局长坚决不收，但刘科长硬是放在沙发上就跑出去了。刘科长刚一出门，王局长就打电话给纪委，将这五万交了上去。

这次选举的结果是这样的：张科长当选副局长，王局长拒贿成了廉政典型，刘科长受到了党纪处分。

原来，王局长家里安装了数字式 X 光扫描安检门，这种门具有高水平的安全检查性能，灵敏度很高，性能优越，只要有人从门口一过，王局长就能真切地看到隐藏在他身上的任何物体。刘科长进门的时候，王局长清晰地看到他的上衣口袋里藏了一台小型录音机！

死 穴

一天，我正在办公室里构思我的官场小小说，突然老同学张林推门而入，向我点头示意之后，他顺手锁死了房门。

看他神秘的样子，我很是奇怪："你这是怎么了？"

张林说："兄弟有一件很重要的事想听一下你的意见！"

我请张林坐下，给他倒了一杯茶说："请讲。"

张林说："是这样的，我们单位最近准备提拔一名副局长，最合适的人选只有我和李进两人。我已经掌握了一些李进的黑材料，比如，他在负责修建虹天大桥期间竟然收受建筑商十几万的贿赂，这可是他的死穴！我想写个匿名举报信，把这一情况反映给刘县长，这样一来，我的这个副局长就很有把握了！"

我笑了笑说："你千万别这么写。为了你能当上这个副局长，我建议你以部分群众的名义为他写一封表扬举荐信。把他说成是虹天大桥的倡议者、设计师和领导人，写成群众心目中的大圣人！然后寄给刘县长。"

张林说："这不是长他人志气、灭自己威风吗？这能行吗？"

我笑了笑说："我的建议如此，听不听在你！"

半个多月后，张林走马上任副局长一职。

又过了半个月，他提了两包好茶叶来到我办公室向我道谢。客套之后，他问我："在我这个事上，为什么写举报信不行而写表扬信却可达到目的呢？"

我说："因为在虹天大桥的建造过程中，刘县长才是真正的倡议者、设计师和领导人，这是近年来刘县长最为看重的一项面子工程、政绩工程。李进在建桥的过程中只不过是一名具体的负责人而已！他贪钱可以，但想和刘县长争名肯定不行，这才是他的死穴！"

青出于蓝

我大学毕业后分配到某局工作，一转眼间十五六年就过去了。

在这十五六年间，我在工作上勤勤恳恳、任劳任怨，也做出了不少突出的成绩，但就是在职务上一直是原地踏步，没有一点进展。

前一段时间，我听说县里换届，要大面积动人，也很想趁机弄个副科级什么的当当，就和老婆商议怎么办。

老婆说："还能怎么办?! 不跑不送，原地不动。我给你取几万块钱，你就跑跑送送吧。"

说完，老婆果然下楼到银行取了五万块钱甩在茶几上。

可是我平生从来没有给领导送过礼，这些钱送给谁? 怎么送? 我一窍不通。

正在我作难之际，上初二的儿子放学回来了。

儿子看到桌子上的五万块钱，就问我："爸爸在茶几上放这么多钱做什么? 不怕人家偷啊!"

我说："小偷倒不用怕，但有些人比小偷厉害得多，他们不用动手，爸爸就得想着法儿将这些钱给他们送到家里去。可是爸爸从来没有干过这种事啊，这不，现在正在为如何送这些钱发愁呢!"

儿子不解地问："怎么回事啊? 咱家又不富有，为什么要给人家送这么多钱?"

我说："爸爸工作这么多年，一直没有升迁，最近局里要动人，爸爸想弄个副科级什么的，不送不行啊!"

儿子听了，笑了笑说："就这么点破事啊! 你不用送一分钱，交给儿子去办就行了!"

　　我听了，不由得笑了："你这一个十二三岁的小屁孩，知道什么！还不快去一边写作业去！"

　　但儿子却很认真地说："你还真别不信！我这就为你的事跑一趟去！"

　　儿子说完就真的跑出去了。

　　我虽然对儿子说的话一点也没有放在心上，但因为拉不下脸皮，这五万块钱最终也没有送出去。自然，副科级的事，我也不抱什么希望了。

　　可是，半个月后，经过民主推荐、领导推荐、组织考察、任前公示等严格的组织程序，我居然坐上了副局长的宝座！

　　我不由对儿子刮目相看。

　　那天晚上，我问儿子："你是怎样帮爸爸升迁的啊？"

　　儿子说："我在班里不是总是考第一名吗？刘县长的儿子也和我一个班，他的成绩却总是倒数第几名。那天我去刘县长家，对他说，我愿意把他儿子调成我的同位，帮助他提高学习成绩，条件是要照顾一下我的爸爸。刘县长听了，非常高兴，连说好、好、好。就这样，你的事就办成了！"

　　我有点吃惊，不得不佩服儿子看问题看得准！刘县长手里位子有几百个，可是儿子他却只有一个啊！

　　我高兴地说："儿子，想吃什么，你说话，爸爸请客！"

　　儿子神秘地对我说："请我吃什么你看着办吧。我再告诉你一个秘密，张市长的女儿也和我一个班，她可是我的铁杆粉丝，再有什么事，你直管说话，我还替你办，谁让咱是亲爷俩呢！"

女作家的秘密

那天我正在办公室里审稿，突然，一个年约二十三四岁，非常漂亮的女青年抱了厚厚的一沓稿纸走了进来。见我正在忙着，她就轻轻地说："对不起，打扰您一下好吗？"

我对她笑了笑说："没关系的，您有事尽管讲。"

女青年问："您是出版社的编辑老师吗？"

我说："是啊。您找我有什么事吗？"

女青年怯怯地对我说："我叫梦儿。我最近写出了一部30万字的长篇小说，心里没有底，想请您审阅一下，看看能不能出版，不知您有没有时间？"

说实在的，我对这个年龄的女青年写的长篇小说，一般不会感兴趣，因为她们的人生阅历和文字水平，一般都达不到写出好的长篇小说的要求。但出于礼貌，我还是说："好吧，您先放这儿吧，我尽快帮您看看，有什么结果，我会及时通知您的。"

梦儿轻轻地说了声："谢谢您！"然后留下手机号，放下书稿就走出去了。

当天下午，忙完了手头的活，我开始随意地翻阅女青年带来的书稿。一读之下，立即让我大吃一惊：这部名叫《酒鬼》的长篇小说，以一个个酒场为舞台，用犀利又调侃的笔调、力透纸背的功力、跌宕起伏的情节，将我国丰富多彩的官场生活与纵横复杂的官场百态描绘得既淋漓尽致，又入木三分，让人拍案叫绝，手不释卷……

这部长篇小说只用了几天的时间就通过了我们出版社的选题和终审！

我立即打电话让这位名叫梦儿的女青年过来商谈出版的事宜。

见了面，梦儿非常激动地对我说："真让我想不到，我的第一部长篇小说这么快就通过了终审。真的太感谢您了！不过，我还有几部长篇小说，是这部写官场的《酒鬼》的姊妹篇，书名是《酒圣》、《酒仙》、《酒魂》，分别写的是商场、情场和战场的故事。我感觉写得应该比这一部更好些，不知您有没有兴趣再看看？"

我听梦这儿么一说，精神立即为之一振，忙说："有兴趣啊！您将另外三部长篇拿来！如果可以，我们将作为今年出版社的最重要举措同时推出这四部作品！"

梦儿从她的小车上又抱下来了另外三部的书稿交给我。

梦儿走后，我推去了其他一切事务，集中精力审阅梦儿的三部新书稿。一读之下，只觉在她以酒场切入的那些神奇世界里，商场悬念百出、情场缠绵悱恻、战场荡气回肠，果然是高潮迭起，引人入胜，一部更比一部强……

梦儿百万余字的四部酒系列长篇小说在我们出版社重点推出之后，立即引起了巨大轰动。各大报刊纷纷跟风而上，对美女作家梦儿和她的四部书进行集中报道和炒作，更是将她打造成了当代文坛的风云人物，将她的书炒作得洛阳纸贵，供不应求。不少人还将这四部书当成了官场、商场、情场和战场的教科书！

虽然我是梦儿的责任编辑，但对她如何能有这么超乎寻常、异常丰富的生活阅历却一直大感不解，但在几次面谈时，也一直没有好意思向她提出来。

有一次，梦儿来我这儿谈她这几部书的再版问题。我终于忍不住问她："据我所知，您的老家在农村是吧？"

梦儿回答："是啊。"

我又问："您从小读书，大学毕业也只两年多的时间，应该说没有多少人生阅历呀？"

梦儿说："是的，我参加工作也只两年多的时间，经历过的事是不太多。"

我奇怪地问："那么按照常理，您能通过酒场，将官场、商场、情场和战场写得如果真实；如此深刻，如此成功，应该是不可能的事情啊！

您是怎么做到这一点的呢?"

梦儿笑了笑说:"其实我做到这一点也非常容易。"

我诚恳地说:"我很想知道您是怎么做到的。"

梦儿认真地问我:"这个问题我一直没有对外界谈起过,但您是我的引路人,可以例外。不过,您能为我严格保密吗?"

我说:"当然能,你放心好了。"

梦儿说:"我从小喜欢文学,有一定的文字基础。大学中文系毕业后,我到了咱市最大的富华大酒店当了两年多服务员。每次为客人服务时,我都在衣服的隐秘处带上了一只录音笔,将他们说过的所有的话、讲过的所有的故事都录了下来,下班后回到休息室,我稍加分类和整理,就写出了这四部长篇小说。"

最好的魔术师

三十年前，我在定陶四中上初中，姚老师教我们语文。在授课时，姚老师的教学方法往往不拘一格，妙趣横生。

一天中午第三节课铃声响过，只见姚老师健步走向讲台，笑着对大家说："我刚跟人学了一个小魔术，为了活跃一下气氛，正式上课前我先给大家表演一下好不好？"

"好！好！好！"听说姚老师要表演魔术，全班同学一起欢呼，课堂内的气氛立即热烈起来。

等大家安静了一下，只见姚老师从上衣口袋里取下了一支钢笔，笑着对大家说："大家注意看好这支笔，我一会儿就将它变没了。"说完，姚老师拿笔的手在空中晃了几下，手中的笔果然没有了踪迹。

正在大家纳闷的时候，姚老师说："我已经将这支钢笔变到了刘军同学的书包里！"

说完，姚老师走到第三排最右边刘军同学的座位前，果然从他的书包里找出了那支钢笔。

大家非常惊奇，一齐为姚老师鼓掌。

姚老师走向讲台："我再给大家表演一次好不好？"

大家一起说好，于是姚老师再将那支钢笔举起，又晃了几下，那支钢笔又在大家的注视下从他的手中消失了！

姚老师说："这次我将这支钢笔变到了王梅同学的书包里，哪位同学愿意帮我去找一找？"

大家纷纷举手。姚老师说："那就让班长陈明去找吧。"

陈明走到在最后一排靠左边王梅的位子前，竟然真的从她的书包里

找出了那支钢笔!

大家掌声雷动，大呼神奇……

日月如梭，光阴似箭，转眼间三十年过去，姚老师已经退休多年，但我仍然常常去看望他。

有一次师生见面，我突然想起姚老师三十年前表演魔术的事，仍很不解："后来我能想明白的是，你第一次一定是趁大家不注意让钢笔落到了袖筒里了，当你翻刘军的书包时，再让它回落到书包里就可以了。但第二次您是如何将笔瞬间变到最后一排王梅的书包里的，我至今仍没想明白。"

姚老师说："你说的是对的。其实我根本不会表演什么魔术！第一次我就是让钢笔落进了我的袖筒里了。至于为什么第二次在王梅的书包里翻出了那只钢笔，那是因为，下完第二节课时，只有王梅一人进过语文组的办公室送作业，当时办公室里也没其他人，可是她走出办公室后，张老师放在桌子上的那支心爱的钢笔却不见了，而我恰巧有一支和张老师一样的钢笔……"

听了姚老师的话，我恍然大悟。姚老师虽然平生只表演过这么一次魔术，但我却觉得，他足可以和世界上最好的魔术师相媲美。

对门的邻居

半年前，费尽了千辛万苦，欠了一屁股的外债，我们一家终于搬进了新居。

就在我们搬进新居几天后的一个中午，一位年近六十的老妈妈敲开了我们家的大门。

我问这位老人要找谁，老人说："我是你们家的对门邻居，想进你家坐坐。"

"请请请！"我忙让座，倒茶。

寒暄了几句之后，老妈妈很不好意思地对我说："我想求您帮我办一点事行不？"

我豪爽地说："对门邻居嘛，有事您尽管说话，说什么求不求的！"

老妈妈说："我想让你给我家那老头子送点礼。烟呀、酒呀、高档点的工艺品呀什么都行！对，现金他最喜欢，可是一次送的不能少于一万！"

这下我真的成了丈二的和尚，一点也摸不着头脑了："可是，我根本就不认识你们啊？怎么要我给你们送礼呢？怎么还一次送的礼物不能少于一万呢？我现在可是送不起啊，我买这套房子已经负债累累了，现在我手里可是一分钱也没有！"

老妈妈说："您别急，送礼花多少钱，我都先给你。如果送现金，我也先给您！只是麻烦您送一下就行了。我们不是对门邻居嘛，您现在帮了我这个忙，我以后也不会亏待您的，放心好了！这是一万块钱，麻烦您今天晚上给我老头子送去吧。"

说完，老妈妈真的交给了我一个厚厚的信封。

当天晚上，我就敲开了对门邻居家的门。

我一进门，就看见一个无精打采的老男人正坐在沙发上发呆，一见我进来，立即来了精神："快请坐，你有什么事要找我吗？"

我忙递上那个信封说："我是您家的对门邻居，想来看看您老人家，这是一点小意思，请您笑纳！"

老男人一见，笑逐颜开，立即接过来，转手交给了身边的老妈妈："你是对门邻居啊，还送什么礼，有事你尽管说话，只要我能办到的，一定帮你办！"

我坐下来之后，想想也没什么事需要他办。何况，这钱本来就是他们家的，转一下手再送给他，接着让人家帮咱办事，也显得咱太不厚道。

于是我转移了话题，陪老男人说了会子话，就起身告辞。老男人送到门外，说："你怎么会没事呢，有事下次再来时就直接给我说好了！你千万别客气！"

我说："好的好的！有事我下次一定直接告诉您！"

第二天中午，对门的那位老妈妈再次来到我家："以前到我们家送礼的，都是有事要办的，您说您没事，老头子反而不信！他觉得很奇怪，一晚上没有睡好呢！要不，我再给您几千块钱，麻烦您买点好礼品，晚上再给我家那老头子送去吧。"

我说："那好吧，晚上我再去一次。我好好想想，有什么事需要你们帮忙的。"

老妈妈说："那麻烦您了，您一定要找个事让他去办啊，千万别忘记了！"

想来想去，我想到了我大侄子大学毕业之后一直没有找到工作，老妈妈和老男人既然非要让我说有什么事要他们帮忙办理，那我就给那老男人说一说这件事好了。

到了晚上，我提了大兜小兜的礼品，又一次敲开了对门邻居家的大门。

沙发上那个无精打采的老男人见到是我，立即兴奋起来："我知道你还会再来的！天底下哪有送钱不说事的人呢！"

我笑了笑说："我还真有点事要找您老帮着办一下呢！我侄子大学毕

业后，一直没有找到工作，待在家里无事可做，整天只知道上网打游戏，可这也不是常法啊！所以，想请您帮帮忙，看能不能把他安排在一个好点的机关。如果您能帮我们办了这事，那我们一家就感激不尽了！"

老男人说："那好，那好，我帮你们安排一下试试。你们先不要急，这事不是多好办呢！但我会尽力而为的。对了，你侄子叫什么？哪个大学毕业的？他的档案现在在哪儿？"

我一一做了回答。

说实在的，为侄子安排工作的事，我自认为没有这个能力，所以，也就一直也没有过问。这次遇到老妈妈自己掏钱让我再给他老头子送礼这样的事，我感觉真是奇怪得很，他们简直就是一对神经病嘛！所以，让老男人帮侄子安排进机关这件事，我也根本没有放在心上，过了不久，也就忘记了。

可是让我一点也没有想到的是，过了两个多月，那老男人竟然亲自敲开了我家的门，高兴地向我报喜："你侄子的事我已经帮你安排好了！过几天就可以让他去县政府办公室上班了！"

我目瞪口呆，简直不敢想象这是真的："不会吧？这是真的吗？"

老男人得意地说："怎么不会是真的？千真万确呢！我当局长的时候办事能力就一直很强嘛！"

原来，老男人退居二线之前是一个很有实权的大局局长。他在位的时候天天门前是车水马龙，但退下来之后，就再也没有人登门了。老男人一时接受不了这种人生转换，人都快崩溃了。老妈妈无奈之下，就想出了由她出钱让我向老男人送礼并求老男人办事的主意。

老男人虽然退下来了，但他的影响还在，所以，为我侄子安排工作的事，竟然在他的努力下，就这样糊里糊涂地给办成了！

碰 瓷

一天，张县长下乡走访，来到了一个地头，他想查看一下庄稼长势，就让司机小赵将小车停下。没想到车刚停下不久，张县长还没有走到庄稼地里面，就听身后"咣"的一声响。

张县长忙回头去看，却发现是一辆旧电动三轮撞在了他的小车前面。小车的前脸被撞出了一个小坑，电动三轮前面的塑料外壳也被撞碎了。

开电动三轮的是一个老太太，只见她下了车，大声叫嚷着："我的车被你们撞坏了。你们要么赔我车，要么赔我钱！你们如果不赔，我就打电话叫人！我记下了你们的车牌号了！"

小赵上前和她理论："我们的车停在这里没动，是你的电动三轮车逆行，才撞了我们的车了啊！！"

老太太站到车前头堵着路，强硬地说："就是你们撞了我的车，你们要是不赔就别想走！"

小赵还想和老太太理论，不料老太太却倚在了小车前面，闭上了眼睛要起了无赖："唉哟，我的天啊，我晕了，我站不住了，我快不行了，我血压高！你们这是要逼死人命啊！"

张县长将小赵拉到一边，一脸和气地对老太太说："大娘你说，要解决这个事，你想要多少钱？"

老太太说："我要三千！"

张县长说："你的三轮车只是撞坏了一点塑料外壳总不能真要这么多吧？我是真心想解决此事的，我认赔钱，你就说个实在数吧！"

老太太说："那少一千就绝对不行了！要不，我就死给你们看！"

张县长说："那好，钱我这就给你。"

说完，张县长向小赵说："给老太太钱！"

小赵翻遍了所有口袋，却没找到钱，只好对张县长说："真是不巧，平时我从来都是装着几千块钱来着，今天一早换衣服了，忘记将钱倒换过来，口袋里现在一分也没有！"

张县长见状，就自己从口袋里掏出一千块钱交给了老太太。

老太太看到钱，立即就有了精神，忙一把夺过来，满心欢喜地骑上她的旧电动三轮飞也似的走了。

小赵问张县长："我们还下乡去吗？"

张县长说："还下什么乡！回城！"

回到县政府大院后，张县长来到办公室里看材料，小赵去修车。

小车前面只是被撞出了一个窝，撞掉了一些漆，并没有什么太大的毛病，何况是县长的小车，处处优先，经过扳金烤漆，只过了一个多小时，就被修理得完好如初了。

小赵到来张县长办公室里："张县长，车修好了，您赔那位老太太的一千块钱，我用修车费充了，刚从会计工作站报了出来，也给您捎来了。您下乡查看，这是工作，出了意外事故要赔也应该是公家赔，哪能让您个人出钱呢！"

小赵刚走出张县长办公室，刘局长就走了进来："张县长，真是太对不起了。我绝对没有想到咱县会出现碰瓷的事，而且碰瓷还居然碰到了您的车子！是我措施不当，工作不力，请您狠狠批评。对这件事我一定要采取措施，狠狠打击！"

张县长说："这件事到此为止！你们谁也不要对外再讲了，更不要去难为那位老太太。如果我发现你们找她的麻烦，我一定要严肃处理！"

刘局长感动地说："张县长您真是大人大量，让人佩服！那我们不去为难这位老太太了。但这类事我们还是要去好好治理一下的，不然，也会影响咱们县的形象不是？对了，我听小赵说赔给老太太的那一千块钱是您个人出的。这都是为了工作，怎么能让您个人出钱呢！我已经把这些钱从办案经费里支了出来，特意给您送来了……"

刘局长刚出去不久，李镇长走了进来："张县长，实在是对不起！在我管辖的地方，居然发生了碰瓷这样的事！而且竟然碰到了您的身上！

都怪我们宣传、教育和引导工作做得不好，导致群众法纪意识淡薄，做事无法无天。对这件事，我应该负全部的责任，请您狠狠地批评，我一定引以为戒！对这位老太太，我们一定严肃处理，对她们的支书、村长、管区书记，我一定进行责任追究……"

张县长止住了李镇长的话："这件事就到此为止吧，你们对谁也不要再讲了，更绝对不要再去难为那位老太太，否则，我唯你是问！和群众打交道就是这样，我们这些党政机关的领导干部就得认吃亏。"

李镇长听张县长这样说，心里的一块石头落了地，激动地说："张县长，您真是宰相肚里能撑船，是我们学习的好榜样！我一定严格按照您的指示去做，凡事认吃亏，妥善处理一切和老百姓相关的问题。不过，您下乡查看，是为了工作，我听说赔给老太太的那一千块钱，是您个人出的，这怎么能行呢！我已经在镇里的招待费里列支了。这不，我特意给您送来了……"

李镇长刚走出去不久，王部长、周主任等人又相继走进了张县长的办公室……

虽然张县长一再强调自己被碰瓷这件事不要对外讲起，但此事还是很快就在群众中传扬开了：老太太碰瓷碰着了张县长，张县长不但不予追究，还自掏腰包赔了老太太一千块钱，并且亲自指示有关部门为老太太办理了每月 290 块钱的低保……

难怪全县的百姓们开始将张县长当圣人一样顶礼膜拜了！

打　猎

　　孩子们坐好了，听爷爷给你们讲那过去的事情。

　　爷爷的祖祖辈辈都是猎人，爷爷天生就是一个好猎手，爷爷从七岁那年第一次跟爷爷的爷爷出去打猎，一发子弹一个猎物，从来没有失过手。嘿嘿，百步穿杨算什么，爷爷当年能百步穿铜钱，只要那铜钱的眼比子弹大那么一点点，铜钱就不会有任何损伤。

　　哈哈，你们笑什么？不信啊？爷爷今年都八十四岁了，能骗你们这一群小孩子吗？

　　那爷爷就给你们讲一讲爷爷这一辈子最为得意的一次打猎！

　　爷爷十六岁那年当了八路。对了，那还是 1941 年的事情，你们看，时间过得真快，一转眼就过去 68 年了！就在那一年，爷爷用一支猎枪，打死了一个日本鬼子，缴获了一支三八大盖，从此这支枪就一直跟了爷爷好多年。

　　1943 年春天，爷爷的部队转战到山东栖霞县。那天爷爷正在山上打猎，四架日本人的飞机飞了过来，他们在山下的村庄丢了几枚炸弹，却并没有飞走，一直在那儿盘旋着兜圈子。它们都飞得很低也很慢，离地面也就一百多米吧。日本人的飞行员知道我们拿他们的飞机没有办法，都狂妄得很呢。别说没有发现我们的部队，就是发现了，往往也不把我们当回事，飞得又慢又低。

　　爷爷恨得牙痒痒的，心想，如果你们敢过来，我就把你们打下来！

　　正想着，一架飞机还真飞过来了。

　　爷爷仰卧到草丛中，举枪正要打，突然发现，自己竟然不知道打它

哪儿。

爷爷想，一发子弹如果打不下来飞机，肯定没有打第二发的机会了，可是爷爷拿的是步枪啊，就是打中了，也不一定能打下来！爷爷就想，只有一枪打中它的油箱才有可能打下它来，可是，爷爷那时候哪知道它的油箱安在哪个部位啊！

正这样想着，这架飞机就飞过去了。

过了一会儿，又一架飞了过来。这架飞机的飞行员正探出头来到处看，可能是在找下一个轰炸的目标吧。

爷爷一看机会来了！

孩子们想想看，如果打死了飞机的飞行员，飞机当然得落下来了！打飞行员要比打油箱更有效啊！

于是爷爷毫不犹豫，手起枪响，一下打中了这架飞机的飞行员的脑袋正中。这架飞机晃了几下，落到前面不远处，爆炸后又燃烧了起来。

另外三架飞机上的飞行员看到这架落地着火，都不知道是怎么回事，于是全飞过来探出头来看究竟。

爷爷毫不留情，又连发三枪，一枪一个！

爷爷四颗子弹打死了四个日本鬼子，打下来四架日本飞机！

爷爷回到山下的驻地，向区队长汇报了这一情况。区队长感到事情重大，一边安排部队迅速转移，一边派遣专人将爷爷送到胶东军区，说是要向军区司令员许世友当面报告情况。

那时候爷爷就想啊，我一定是闯大祸了，没有首长的命令，士兵是不能开枪的，这是咱八路军铁的纪律啊！爷爷这一擅自开枪，可能打乱了部队的全盘部署，弄得大队部不得不迅速转移！

见到了举世闻名的许世友司令，我非常紧张，连忙检讨："许司令，我私自开枪，违犯了军队的纪律，请你狠狠地处分我吧！"

许司令听了，哈哈大笑道："我早就听说过你是一个好猎手，但我绝对没有想到你能四发子弹打下来四架鬼子的飞机！你这个猎打得好！大大地长了咱中国人的志气！处分什么，通报全军，进行嘉奖！"

孩子们，这就是爷爷那次得的军功章，你们看，都66年了，还像新

的一样呢!

对了，孩子们，你们去过北京革命军事博物馆了吗？都没有去过呀？那好，如果你们将来有机会去参观，你们一定要注意一下，爷爷打下来四架飞机的那支三八大盖，就陈列在那儿。

百狮坊

在我的先辈中，有一个在清朝做过大官的人，他从我这儿往上数是第十辈，如果从我们家的家谱往下数是第三十六世。

我的这位三十六世祖在朝为官期间清正廉洁、成绩卓著，深得乾隆皇帝赏识，而三十六世祖母朱氏，温柔贤惠，孝敬公婆，相夫教子，也深为乾隆皇帝所敬重。乾隆四十三年（1778 年），皇帝下了一道圣旨，要为三十六世祖母在故乡修建一座节孝牌坊。

这可是一件光宗耀祖的大事，三十六世祖领了圣旨，即刻修书老家兄弟，要他们张榜悬赏，不惜重金，务必要将牌坊修得独一无二，举世无双！

因为三十六世祖名大官大，一般建筑师不敢问津此事，所以悬赏榜挂出之后三月有余，才有一个家在江苏的名叫王平泰的年轻人揭了榜。

据说这位王平泰曾经师从名家，学成后开始游历四方以广见识，这日云游到我的故乡，正看到三十六世祖家张榜招贤，不由手痒，于是就揭下了这张榜。

王平泰年轻气盛，决心雕出一件能让他一举成名天下知的作品，所以他尽了最大的努力，在大半年的设计和雕刻中，曾经累得吐了七八次血。

全部雕件完成之后，王平泰却忽然想起一件大事：如何将这一个个重达几千斤的精致雕件组装上去而又不至于损坏！

王平泰苦思冥想了一月有余仍然不得要领。

一日早晨，他正在这些雕件前踱步思索，忽然看见一位白发苍苍的老者走来，于是恭敬地上前请教。老者说："我已经是入土半截的人了，你如

果想不到办法，那我又能有什么办法呢？"说着就转过了街角。王平泰觉得老者不肯赐教可能是因为自己不够诚恳，于是立即跑步去追赶老者，可是只这一眨眼的工夫，老者已经不见了踪影。王平泰深信这是神仙下凡在点拨自己，就反复思索老者的话，到了傍晚，灵感忽至，豁然开朗。于是王平泰用层层屯土、斜坡运件的办法，顺利地将雕件组装上去。

大功告成，三十六世祖特意从京城赶回故乡观看。只见此牌坊高五丈有余，宽三丈还多，全部用石头雕成，四柱三间五楼式，正间单檐、次间重檐、歇山顶、斗拱交错，戗角起翘，通体雕刻。正间楼檐下六朵斗拱，次间上下檐下各三朵斗拱。全坊上下间架有致，搭配均衡，雕刻的狮子、云龙、牡丹、吻兽、象尊等，均惟妙惟肖，栩栩如生，刚柔相济，神态协调。特别是八根夹柱上，分八组雕刻百个石狮。大狮巨头卷毛突目，隆鼻阔口利齿，巍然蹲踞，矫捷威猛。每个大狮身上攀伏着五个小狮，有的挠痒自娱，有的伏在大狮的腿上，舐啪抚铃。狮座前左右三面浮雕圆形松狮图，幼狮三三两两，蹦跳翻滚，争戏绣球……

三十六世祖非常满意，遂设宴庆贺。

席间，三十六世祖满心欢喜，亲为王平泰敬酒，并对他说："此坊技艺已登峰造极，无以复加，真的是古今独步，举世无双！平泰君劳苦功高，某不胜欢慰之至。"王平泰听到身为朝廷重臣的三十六世祖如此称赞自己，不由受宠若惊，笑了笑，谦虚地说："艺海无边，学生还得好好学习呢！这哪儿算得上登峰造极啊。"三十六世祖听到这话却感到不寒而栗，手中酒杯当场落地，摔得粉碎。

当晚，王平泰即暴死在三十六世祖的客房内，三十六世祖以一张苇席，将其埋葬于东门之外。

虽然三十六世祖对外宣称王平泰是因为积劳成疾而死，但当时的人和后世的人都不这样认为。大家都说，一定是三十六世祖怕这个年纪还轻的人以后再为其他人家修的牌坊超过自己家的这座节孝坊，于是暗在酒中下了毒药，将他毒死了。

这是王平泰平生第一件作品，也是最后一件作品！

这件事的真相到底如何我们已经无从考证。因为此坊最有特色的标志是上面雕刻的大大小小一百个狮子，所以不久就得到了百狮坊这个名字，于是这个名字就这么一下子叫到了现在。

时间很快就过去了近二百年，1966 年底，我们县的红卫兵开始组织"破四旧"，首当其冲的就是这些代表封建文化的牌坊。我们县城乡的几十个牌坊转眼间就灰飞烟灭了！

这天晚上，我爷爷听说明天红卫兵要来砸我们县所剩下的最后的一个牌坊——百狮坊，就立即召来了家族的一些兄弟子侄商议对策……

第二天一早，当红卫兵们拿着家伙赶到百狮坊下的时候，他们却发现百狮坊不见了，取而代之的是一面中间有门的大厚墙。墙的两面用石灰泥砌得非常平整。门的前面，两边分别写着"提高警惕，保卫祖国"，门的后面，两边分别写着"四海翻腾云水怒／五洲震荡风雷激"，门的上面，还有一些毛主席语录，这些内容书写的时候，用的全是毛泽东放大了的亲笔手迹。红卫兵们看到了毛主席苍劲有力的大字，都惊呆了，忙排好了队，一齐敬礼，向着这面墙宣誓。

百狮坊在那个特殊的年代中，就这样幸免于难。

保卫百狮坊的时候这个世界上还没有我，这个故事是我听我爷爷亲口对我讲的，在我小时候，这个故事他老人家对我不知讲了有多少遍，因为这也是平凡的爷爷一生中所做的最为得意的一件事。

此后的几十年中，百狮坊的名气越来越大，吸引了无数的中外游客前来参观。

2002 年春天，我的一个西方朋友、著名的雕塑家大卫先生来访，我陪他去看百狮坊。他在百狮坊前流连数日，不肯离去，直称神奇，并拍下了上千张照片作为研究资料。

2010 年 4 月中旬，大卫打过来电话，说去年的时候，他们国家的总统官邸要新修一个大门，这件事由他负责，他就借鉴了中国的建筑风格，历时一年，终于修好了，总统对新修的大门非常满意，还在门前和他合了影，图片已经发到了我的邮箱里，让我看一下。

我打开邮件一看，不由哈哈大笑！原来，这个总统府的大门竟然是一个大了一倍的百狮坊。更可笑的是，大门正中间的上方，"节孝坊"三个字赫然在目！

网络追杀令

一个多月来，网络上一直在疯传着一个帖子：《贪官追杀令》。

在一个多月里，周局长每次在电脑上看到这份追杀令，都会心惊胆战：帖子上列举了吉天市五十名大贪官，这位网名叫"剑指苍天"的发帖人在追杀令中声言，他会采取各种手段在一年内将这五十名大贪官追杀殆尽。而这个帖子发出来仅仅一个来月，帖上名单中的人就死了六个：张局长死于酒桌，王局长死于赌场，李局长死于二奶的肚皮上，赵局长死于煤气中毒，刘局长坠楼身亡，最惨的是吴局长，一家四口开车出游，全部死于交通事故！而名单上的第七个人，正是他周局长！

周局长向公安局报案申请派人保护，但公安局的人说，仅凭网上的一个帖子就派人去保护你，这不是笑话吗！周局长又找来了自己的亲朋好友一块商议对策，大家都说，看来这个"剑指苍天"杀人无所不用其极，简直是躲无可躲，藏无处藏。

周局长虽然心惊胆战，极度恐惧，但他可不愿意引颈就戮，坐以待毙。他绞尽脑汁，想啊想，终于想到了一个非常安全的地方：监狱！于是他立即向检察院投案自首，全部交代了自己的违法乱纪行为。

而名单上的其他人也多数和周局长殊途同归，都想到了监狱这个最安全的藏身之地，纷纷向检察院投案自首，又由于本市同名同姓的官员很多，投案自首者远远超过了五十名领导干部！于是全市的党风政风为之一清。

由于这个帖子在当地引起的反响太大，公安机关迫于各方压力，不得不立案查处。不久，这位名叫"剑指苍天"的发帖人在一次上网时被抓获，但办案人员却发现他只是一个十六岁的高一在校学生。办案人员问他："你为什么要发这个帖子？"他说："好玩！"办案人员再问："帖子上的名单你是从哪儿弄来的？"他说："全是我同班同学的名字！"

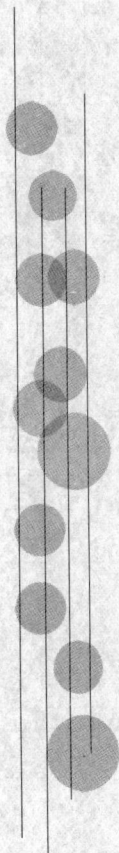

醉　枪

　　一名持枪犯罪嫌疑人在抢劫银行之后，受到了刑警的围堵。他看到无路可逃，就劫持了一名七八岁的小女孩，躲在了一间民房的一角。

　　犯罪嫌疑人要求派专车护送他出去，后又要求派直升机。为了保证人质的安全，公安人员一边和他周旋，一边调来了几名狙击手待命。

　　在这几名狙击手中，有一名外号叫"神枪"的队员。他从警的几年中，先后参加过一百多次狙击任务，击毙过一百多名犯罪嫌疑人，成功解救出一百多名被劫持的群众。对劫持人质的犯罪嫌疑人，百米之外，他的子弹或是从一只眼里打进，或是从一只耳朵射入，无不是一枪毙命。他也因此获得了"神枪"的称号。

　　和犯罪嫌疑人的谈判进行了两个多小时毫无进展，而犯罪嫌疑人却越来越急躁，随时都有杀死人质的可能。于是上面下达了伺机击毙犯罪嫌疑人的命令。

　　毫无疑问，"神枪"选的狙击位置最佳，而这样的任务，上面也一般安排由他负责那致命的一击。

　　正在这万分紧张的时刻，却有一名赤膊的醉汉，一手提着一瓶白酒，另一手拿着一包香烟，东倒西歪地闯进了围捕现场。只见他一边不停地往嘴里灌酒，一边嘟嘟囔囔地胡乱说着什么，人却离犯罪嫌疑人所在的墙角越来越近……

　　除了"神枪"，所有人的目光都被这名醉汉吸引了过去。

　　突然，醉汉猛地一个踉跄，跌倒在地，他手中的白酒瓶和香烟同时一起飞向了高空。犯罪嫌疑人见状，不由自主地一愣神。最佳射击时机瞬间到来！

与此同时，大家听到了一声枪响……

庆功大会上，"神枪"端了满满一杯美酒来到了"醉汉"面前："刘队长，您手中的'醉枪'能打掉犯罪嫌疑人手中的枪，而我肩上的所谓的'神枪'却只能打烂他们的头颅！在您面前，小弟自愧不如。请您满饮此杯！"

古　画

　　去年中秋节，秘书小王到刘县长家里去拜望时，送给刘县长一幅画，说是他无意中花几百元从一位农民手中购得的祖传古画。

　　"好，好，好。"刘县长满面笑容地接过画，心里却不以为然："农民手里能有什么好画呢！"

　　打开一看，一竹一石一题诗而已，简简单单，别别扭扭，破破烂烂的，也没什么特别之处，就又卷起来，随手放到身后的书橱上。

　　今年春节，全国闻名的古画鉴定大师冯一眼回家探亲，顺路拐到老同学刘县长家里坐坐，无意中看到了书橱上那卷画，打开来仔细一看，不由连声惊呼："你从哪儿弄来的这幅郑板桥的真迹?!"

　　"郑板桥的真迹?"刘县长虽然于书画是外行，但他也知道郑板桥的真迹价值不菲，听冯大师这么一说，立刻来了精神。

　　"当然！你瞧这幅画的用墨、笔力、布局、题诗、落款、用印、纸质和装裱，都是郑板桥所独一无二的。我敢保证这幅画绝对是他的真迹，少说也得值一百万元。"

　　经冯大师这么一鉴定，刘县长家里有幅郑板桥真迹的消息，很快就不胫而走。

　　于是县建筑公司的赵经理、县化工厂的李厂长等人，纷纷提着百万元现金来到刘县长家里求购那幅画。

　　刘县长自然不卖。一是还没有人出到他想要的价钱。二是当县长多年，他家里也不缺那百儿八十万的钱。

　　不料今年夏天，刘县长贪污受贿案发，执法执纪机关查实其违纪金额正好为 100 万元。全额上交违纪款和不上交在处理上自然是不相同的，于是刘县长想起了那幅郑板桥的画。

刘县长让妻子把画卖给赵经理或李厂长。但刘县长的妻子找到他们后，他们都以现在正经济困难，职工工资还发不出为由拒绝了。

于是刘县长的妻子又拿着那幅画去找冯一眼，希望他能帮助卖掉。可是冯一眼却对这幅画连一眼也没看完，就不耐烦地说："这幅画不过是幅假画，顶多值一千元。"刘县长的妻子自然不信，以为冯一眼是落井下石，要猛砍她一刀，就又把那幅画拿了回来。

画终于没有卖出去，刘县长不得不乖乖地拿出了他多年所贪收受的百万巨款。

秘书小王知道他送给刘县长的那幅画居然价值百万之后，心里很不是滋味。因为刘县长是自己的顶头上司，没办法要回来使之发挥更大作用，他总觉得亏得很。但若刘县长能对他提拔重用倒也罢了，没想到刘县长却倒得这么快。于是他毫不犹豫地到刘县长家要回了那幅画。

要回那幅画之后，小王却作了难："这么名贵的画，送给谁更好呢？"

壁　镜

张县长没有别的爱好，唯一喜欢的就是"筑长城"。按张县长的说法，只有会休息的人，才会工作，而在繁忙的工作之余，和几个朋友打几圈麻将，可以换换脑子，便是最好的休息。

为了使自己能够更好地休息休息，以便更好地工作，张县长特意让人把家里面积最小的那间房子收拾出来，并取其名曰"雅趣斋"，正好可以放开一张麻将桌、四把椅子和一套茶具。于是每到双休日或平时工作有了空闲，张县长小小的"雅趣斋"内便哗哗啦啦的搓麻声与欢歌笑语齐飞，热闹非凡。

张县长的搓麻将水平非常高，这是不少科局长、乡镇主要领导和大企业的厂长经理都领教过的。在打麻将过程中，张县长不仅常常胡出天和、地和、三元、四喜、杠上开花、海底捞月等名局，而且在同一局牌中还胡出过大四喜、四后客、健牌、自摸后客杆的千古绝唱——"王中王"，不由令和他一同打牌的人都大呼"神奇"，惊佩不已。总之，只要张县长一坐场，少则赢个千儿八百，多则万儿八千，和他一块玩麻将的人除了心服口服之外，绝对讨不了好去。

怎奈岁月不饶人，张县长"到线"之后，便从县长的位子上退了下来。

"无官一身轻"。退休后的张县长闲来无事，便想专心地研究一下搓麻将技巧，以使自己百尺竿头，更进一步。

而使张县长高兴的是，在他退下来之后，往日的那些牌友尽管工作都很忙，但仍常常来陪他打麻将，这使他心里感到热乎乎的，觉得这些他提拔过或帮助过的人还真算有良心，都没有忘本。

但是自从退休之后，张县长的牌技似乎一落千丈，基本上没有胡过牌，半年下来，竟然输掉了 40 多万，这真比剜掉他的心头肉还使他难受。

"难道自己真的老了？脑子不好使了？"没有人来搓麻将时，他自己便常常在他的"雅趣斋"里苦苦思考，有时也自己摆上几局琢磨琢磨。

一日家里无人，他又自己摆开了战局。他先洗好麻将，又分别砌好四家的牌，然后掷出骰子开了门，再替四家抓了牌，理好自己的牌后，又走到对门去理对家的牌。

坐在对家位置上理牌时，他无意中看了看自家的位置，不料却看到了对面的那方壁镜，自己的牌竟可以从壁镜中看得一清二楚。因为自己总是坐那个"主座"，十几年来从未换过位置，竟没有注意到这一点。既然对家能将自己的牌看得清清楚楚，那么上家和下家自然也都能看得明明白白了。

于是张县长马上让人把那面壁镜换成了一幅壁画。

但是自从他把壁镜换成壁画之后，却再也没有一个人来他的"雅趣斋"打麻将了。

雅　贿

张局长来到我们局之后不久，就将我叫到了他的办公室里："小刘，我听说你是咱单位的一位秀才，我想让你负责为我们局办一份内刊，这项特殊任务你能完成吗？"

我想了想说："办份刊物问题不大，最大的难处在于没有稿源。您也知道，我们局很小，只有二十几个人，还多数提不动笔；况且，我们局平时也没有多少工作可做，可写的东西很少。"

张局长说："没有稿子我们一块想办法找嘛。"

过了不久，张局长就拿来了几份领导讲话，一份是县委王书记的，一份是人大李主任的，一份是政府赵县长的，一份是组织刘部长的，一份是财政局周局长的。张局长说："将这些都登在创刊号上吧。"

我正在为稿子发愁，张局长让登这些，我自然乐意。有了这些"大稿"、"猛稿"，刊物内容就占了一多半，其他的我想法补上就可以了。

不久，我们的内刊正式出版，图文并茂，印装非常精美。我送了两份样刊给张局长，他看了非常高兴，对我说："作者们写篇作品也是不容易的，你去造一份稿费清单，我们要为他们发稿费！"

我问："那按什么标准造单子？"

张局长说："按两块钱一个字的标准吧。"

我听了，大吃一惊："两块啊？这么高？"

张局长说："古人不是说一字千金嘛，我们一个字才给两块钱，不算太高，将来我可能还要给他们长呢。这是第一期，你就先按两块去造吧。"

我造了单子出来请张局长审阅：王书记一万九千元，李主任一万八

千元，赵县长一万七千元，刘部长一万六千元，周局长一万五千元，刘国芳三千元，蔡楠两千六百元……

张局长问："刘国芳和蔡楠是谁?"

我说："是我国著名的小小说作家。"

张局长说："我们是内刊嘛，外人就不要发稿费了，只发给县里的五位领导吧！我签了字，你去财务上领了钱交给我，我带上钱和新刊物一起给领导们送去。"

我们的刊物每月一期，每期张局长总能弄得到一些市、县甚至省里领导的"大稿"、"猛稿"。我们的稿费标准也因每期作者的不同，两块钱至五块钱一字不等。

两年之后，我们的刊物办到二十多期的时候，张局长荣升副县长。

不久，吴局长到我们局任局长。

吴局长到任之后，所做的第一件事，就是将我叫到了他的办公室里："你一定要继续把内刊办好，不，要办得更好！这是一项政治任务！你明白吗?"

狗不知道

比熊犬点点很不明白，他的主人为什么三天不回家了。那天它出去遛了一下弯，回来主人没有在房门口等他，而是关上了房间的门，此后无论它怎么叫唤，这道房间的大门一直就没有再打开过。

点点饿得受不了。它觉得，一定是主人有急事出去了。主人能去哪儿呢？可能会去单位吧。它去过主人的单位，它还记得路，于是它决定去单位找一下主人。

点点费了很大的劲，终于找到了主人办公的大院。一进大门，就看到了小李。点点像一下子看到了亲人，忙向他跑去。可是点点刚咬了一下小李的裤角，就被小李一脚踢翻在地。点点不明白，小李经常提着礼品到主人家串门，一向对自己非常客气啊，今天他这是怎么了？

点点忍着疼痛，爬了起来，刚往里走了几步，就见到了赵科长。点点立刻跑了过去，要她将自己抱在怀里，给自己弄最好吃的东西！可是赵科长见点点跑到身边，也立即一脚将它踢翻在地。点点更不明白，这位漂亮的阿姨是主人家里的常客，到了主人家就会把自己抱在怀里，亲热地叫自己乖儿子。她和主人上床的时候，自己也总在一边凑热闹。可是，今天，这位阿姨是怎么了啊？

点点又爬起来，继续往主人的办公室走，刚走几步，就见到了刘主任。点点突然感觉自己有满腹的委屈要向刘主任倾诉，它快步跑向刘主任身边，摇着尾巴要向他身上扑。更让它没有想到的是，刘主任见到它，更不客气，一脚将它踢出去老远！这下点点彻底迷茫了：刘主任整天和主人形影不离啊，在平时，对自己照顾得更是无微不至。可是，今天，他这是怎么了？

点点不知道，它的主人张局长已经被检察院带走三天了。

点点再次爬起来，两眼迷茫地向它主人在三楼的办公室望去。在窗户内，它没有看到主人，却看到了周副局长，只见周副局长那走路的姿势，那挥手的动作，那瞧人的眼神，一切都像极了自己的主人……

百万欠款

青年歌手李晨突然接到了法院的一张传票，上面的案由写着他欠了市民胡三少一百万元，人家将他告了。

李晨有些莫明其妙：自己从来不认识叫胡少三的什么人啊！因为自己能歌善舞，长得又英俊潇洒，经过几年的打拼，演艺事业渐渐有了起色，但期间无论遇到过多大的困难，自己却从来没有借过什么人的钱！

到了法庭，李晨矢口否认自己借过胡三少的钱。当他看到胡三少的时候，发现自己也真的不认识他："你一定是认错人了吧？"

胡三少说："人我是不会认错的。这笔钱是当初你创业的时候借我的。在你最困难的时候我帮了你，现在你成名了，有钱了，你可不能没有良心！何况我手里有你的借条，你不承认也得承认！"

李晨要求看一下借条，法官向他出示了一下，李晨一看傻了眼：借条上确实有他的亲笔签名！

法官相信证据，李晨百口莫辩。就这样，法官把李晨数年间辛辛苦苦积累起来的百万金钱全部判给了胡三少，李晨转眼之间由一个百万富翁变成了穷光蛋。

钱被执行了给了胡三少，过了很久李晨还觉得这是一个天大的冤案。

有一天，他又特意找到了胡三少询问原因："在证据面前，我只有服法。钱我是不能要回来了，但我希望这场官司我能输得明白。请你告诉我你是怎么得到了那张借条的好吗？我确实没有借过你的钱，更没有签过什么借条啊！"

胡三少狡猾地一笑："你每次从舞台上下来，都有那么多人围着你要求签名，每当这个时候，你就得意忘形，来者不拒，想让你在借条上签个名还不易如反掌！"

李晨听后，猛然间出了一身冷汗，因为他不知道还有多少人手中有胡三少这样的"借条"。

钓 鱼

十六年前，大学毕业生小王和待业青年小刘一起被安排到本县某局参加工作。

该局的张局长非常喜欢钓鱼，恰巧小王和小刘也有此爱好，于是每逢星期天或节假日，他们三人总是结伴出去钓鱼。每次钓鱼的结果总是小王的最多、最大，张局长第二，小刘第三。因此每次钓完鱼后，张局长总爱拍着小王肩膀笑着对他表扬一番，而小王也总是以其钓技高超而自负。

时间过得真快，转眼之间小王和小刘到局里工作已十六年了。十六年来，作为大学生的小王仍然只是局里的文字秘书，而小刘则由办事员一步步被提拔到副局长的高位，而且马上就要调到另一个局任一把手了。

这天，小王找到小刘，对他说："刘兄弟，十六年来，我俩私交一直不错，你马上就要被提拔到其他局当局长了，在你临行之前，我想请您指点一二，为什么十六年间你进步得这么快，而我却总是挨不上号呢？"

小刘说："道理其实也很简单。虽然我在文化水平、工作能力等方面比你差得远，但你对人事关系的研究却不如我。比如我们和领导一块去钓鱼，领导钓大的，你就只能钓小的；领导钓多的，你就只能钓少的；领导如果钓不着，那你就只能两手空空。可惜你却每次都盖过了张局长，那你怎么还能期望得到提拔重用呢！"

小王愕然。

权　力

　　某县主要领导干部谭伍，因在干部任用中收受大量贿赂而被双规。

　　在规定的地点，市纪委调查小组张组长给他一沓稿纸一支钢笔，让他在规定的时间内主动交代问题。

　　第一天，谭伍坐在桌前一字未写。

　　张组长问他："你为什么不写？"

　　谭伍说："我在考虑问题。"

　　第二天，谭伍坐在桌前仍然一字未写。

　　张组长又问他："你为什么还不写？"

　　谭伍仍说："我在考虑问题。"

　　到了第三天，谭伍坐在桌前还是一字未写。

　　张组长再问他："你为什么仍然不写？"

　　谭伍还是那句话："我在考虑问题。"

　　张组长问他："什么问题这么重要，你考虑了三天仍然没有写一个字？"

　　谭伍说："是我们市里和县里的干部安排问题。"

　　张组长说："这事你就不用操心了！你现在已经被暂时停止了职务，无权再干预你们县里的干部安排问题！更不用说市里的干部原本就不归你管了！"

　　谭伍说："不是的！我现在虽然已经无权让一个人上去了，但我仍然有权让一批人下来！"

　　此言传出，市县不少干部开始人心惶惶，上下活动。

　　几天之后，一字未写的谭伍竟然被解除了双规，不久就被另行安排到市直一个机关任闲职。

智多星警长

我们把犯罪嫌疑人围在了十二楼楼顶的一角。

犯罪嫌疑人手里拿着一把锋利的匕首。他把匕首架在一个女孩的脖子上，朝着我们叫嚣："谁是你们的头，我要和你们的头谈判！"

我向前走了一大步，对他说："我是警长。"

犯罪嫌疑人说："你先让他们都退下去！"

我向后看了一下，对警察们说："你们都下去，没有我的命令谁也不准上来！"

大家都退了下去，犯罪嫌疑人又对我说："把你的枪放到地上！举起你的手！"

见我没有服从，犯罪嫌疑人将匕首往女孩的脖子上一划，女孩的脖子上立刻有鲜红的血流了出来："再不放下枪，这个好看的女孩就没有命了！"

我忙放下枪，举起手。

犯罪嫌疑人又说："把你的枪踢过来！不然我就动手杀人了！"

我只好踢过去我的枪。

犯罪嫌疑人扔掉了匕首，拾起地上的枪，用枪口指着我命令："你要保证我安全地离开！"

我说："我不保证！因为你根本就跑不了！"

犯罪嫌疑人说："你不让我离开我就开枪打死你和人质！"

我说："如果你敢开枪，你一定会后悔的！"

犯罪嫌疑人说："我不会后悔的，最近咱城里的这几起杀人抢劫大案都是我做的，让你们抓着也是死路一条。反正是一死，如果你不能保证

我安全离开的话，我临死就再多枪毙你们两个!"

我不管犯罪嫌疑人怎么说，一步一步地向他靠近，七米、六米、五米、四米……

犯罪嫌疑人挥着枪朝我大声叫嚣："你再走一步，我立即开枪!"

此时，我突然对着小女孩大喊一声："蹲下!"

小女孩闻言，猛地向下一坠身子，我就在犯罪嫌疑人稍一分神的瞬间，一个箭步冲上前去，一把将小女孩抢了过来。

与此同时，犯罪嫌疑人的枪也响了。

我和小女孩安然无恙，犯罪嫌疑人中枪倒地。

对了，朋友，忘记告诉您了，我是本地有名的智多星警长，办案从来不按常规方法出牌。比如我的这把手枪，就是我特意改造过的，如果您用枪口对着一个目标扣动扳机，子弹会从相反的方向飞出。

难以完成的任务

两个月前，我和另外两名大学生经过层层测试，被留在了嘉华公司，试用期为两个月。

今天是我们试用期的最后一天。刚一上班，老板刘嘉华就把我叫到了他的办公室里，递给我一张欠条："这是红伟公司欠我们的 30000 元货款，我已经和他们老板张红伟联系过了，现在你就去，今天上午一定要把这笔钱取回来，我们公司有急用。这张欠条上有张红伟的手机号码。"

我接过欠条，立即打的去了红伟公司，可是却找不到张红伟，问他们公司的人，都说张老板出去了，不知所踪。我打他的手机，居然欠费停机！

我急忙走出了红伟公司，找到了一家移动公司营业厅，往张红伟的手机号上打了 50 块钱。他的手机终于打通了！张红伟让我到一家宾馆去找他。我立即找到了他，见面之后，他倒没有说什么，接过欠条，然后就签了现金支票。

我到银行去取钱。银行的工作人员认真地核对了支票之后却说："对不起，这个账户上没有这么多钱，你这张支票不能兑现。"我很着急："他们账户上还差多少钱？"营业员说："还差 1200 元。"我忙往这个账户打进 1200 块钱，然后顺利地将 30000 元货款取了出来。

中午下班之前，我将那 30000 元货款交到了刘老板的手里。

刘老板问我是如何拿到这笔钱的，我就说了取款的经过。刘老板笑了笑说："欢迎你正式加入我们的队伍！"

说完，刘老板将一个信封递给我。我打开一看，里面是 1250 元现金。

晚上，我听说我的两位竞争对手都被刘老板辞退了，因为今天一早，他们都领到了和我一样的任务，但却都没有讨回那 30000 元的"欠款"。

招　商

一位法国大老板杰克逊要在某县投资建企业。为慎重起见，他亲自到那个县的两个镇的备选厂址去考察。

这个县的领导自然非常重视，县长亲自全程陪同杰克逊，两个乡镇的张镇长和王镇长更是招待得非常热情周到。

一番考察之后，杰克逊将建企业的地址选在了 A 镇。B 镇的王镇长非常不解，就问杰克逊："我们两个镇的各种条件都差不多啊！您为什么非要选在 A 镇而不选在我们 B 镇这儿呢？"

杰克逊说："因为你们镇的道路太难走了！"

这下王镇长更加不解："我们两个镇的道路情况都是一样的啊！都是山路，都不太好走呀！"

杰克逊说："可是，我却感觉 A 镇的道路比你们 B 镇的要好走得多了！我也不明白这是怎么回事。"

不久，王镇长在一次乡镇机关工作会议上再次见到了张镇长，忍不住向他讨教其中的原因。

张镇长说："我们两个镇的道路情况确实是一样的，真的都不好走。而就目前我们两个镇的经济实力来说，也一时无法改变这种状况。所以，当法国老板要步行上山时，我就为考察团的全体成员都准备了一双名牌旅游鞋。"

王镇长大悟："噢，我明白了！这样一来，他们在山路上走着，就会感觉很轻松和舒服了！"

张镇长说："是啊。我们虽然一时还不能改变道路，但我们却可以立即改变鞋子。"

改 行

　　我从小立志要成为一名画家，每天坚持临摹和写生，下了一番苦功夫，可是直到而立之年，却在绘画方面一事无成。于是我决定在市书画院举办一次画展。

　　因为我没有什么名气，画展开幕那天，也没有来几个人。正在我垂头丧气的时候，突然，一个年轻女人高声赞叹："画得实在是太漂亮了！我如果能见到这位画家就好了！"听到有人称赞我的画，我非常高兴，就走过去说："我就是这些画的作者，请您多多指正！"那年轻女人说："你画的这些女人都是真人吗？画上的这些人你都见过吗？"我说："是的，都是真人，我都见过。"这个年轻女人说："你有她们的联系方式吗？"我说："联系方式我多数都有，可是，您要他们的联系方式做什么呢？"年轻女人说："她们身上穿的衣服实在是太漂亮了！我得问一下她们是从哪儿买的，我也去买。"我说："对不起，她们穿的衣服都和画上是不一样的。画上的是我经过想象和加工重新设计的样式。"年轻女人问："那你会设计真正的服装吗？"我说："不会。"那个年轻女人非常失望地走开了。

　　到了第二天，我的展厅刚一开门，那个年轻女人就带着一个中年男人进来了。她让那个男人看了好几幅画，并对他说："你就照着画上的样式，给我设计几套新衣服！价钱多少都行！"原来她带来了一名服装设计师！

　　此后来展厅的人越来越多，但他们都不是冲着画本身而来的，而是想看一下画上人物那与众不同的服装。

　　这无疑是一次失败的画展！但此后不久，我就成了当地一位非常有名气的服装设计师。

青花瓷

我是一位古玩收藏爱好者，没事的时候就常常去本市的古玩市场转转。

一天中午，我在古玩市场的一角，看到了一个熟人正在卖一只印有青花的瓷瓶。我们是一个村的，从小在一起玩，一起上学，虽然我大学毕业进城之后已经多年没有和他见过面，但还是一眼就可以认出他来。

于是我忙走了过去："你是刘建吧？怎么，你也做起古玩生意了？"

他抬起头，也一下子认出了我："哟，是蔡哥啊！我哪会做什么古玩生意呀！我在家种了那么多年地，也没有挣下什么钱，最近想做点生意，又没有一点本钱。我听说古玩很值钱，正巧我家里有这么一只瓷瓶子，是上几辈子传下来的东西，我拿它来碰一下运气。"

我拿起那件瓷瓶，认真看了一下："你真的想做生意啊？"

刘建说："真的啊！我那俩孩子没钱上学，正准备退学呢。不过，我已经看准了一单生意，如果能有两三万块钱做本钱的话，保证能赚很多钱，这样的话，我那两个孩子上学的钱就有了。"

我说："那好吧，我给你两万块钱，这件青花瓷瓶我就收藏了。你好好做你的生意，如果将来真挣了大钱，你还可以随时再买回这只瓷瓶。"

我给了刘建我家的详细地址，又到银行取了两万块钱交给他，然后取回了那只青花瓷瓶，放到了家里的博古架上。

过了半年，我打电话到农村老家，问我大哥刘建的生意做得怎么样了，大哥惊讶地说："他会做什么生意啊！整天只知道赌博，听说他家的一件什么宝贝卖了两三万块钱，不出三个月，就让他全输光了！"……

过了几天，我带着那件青花瓷参加了市电视台的"鉴宝"节目，经几位专家现场鉴定，这件瓶子是元代的青花瓷，价值达十几万元。

节目播出几天后，刘建带着两万块钱找到我家："我东拼西借，凑够了两万块钱，我想买回那只青花瓶子。"

我摇头了摇头："你看过市电视台的'鉴宝'节目吗？这可是价值十几万的东西，你两万怎么能买回去呢？我看你还是用这两万块钱做本钱做点生意，看在我们从小是朋友的情分上，等你赚够六万块钱的时候，我再卖给你吧！"

刘建见我不肯卖，只好回去了，真的做起了生意。

又过了半年，我又参加了市电视台的"鉴宝"节目，经专家现场鉴定，这件青花瓷已经价值二十几万元！

节目播出几天后，刘建带着六万块钱又找到我家："这是我做生意赚的六万块钱，全给你，这回你总得卖给我这只青花瓶子了吧？"

我说："你没有看到咱市播出的'鉴宝'节目吗？现在这只瓶子已经价值二十几万，六万我哪能卖给你？但是，我们是一个村的，又是从小的好朋友，别人出二十万我也不卖，可是如果你能出得了十万，我一定卖给你，无论它将来价再高，我也不对你涨价了。"

刘建说："那好，我们一言为定。你可得好好给我放着啊，不能卖给别人，也不能再涨价了！"

我说："好，一言为定！我绝对不会再涨价，也不会再卖给别人！"

又过了一年，刘建又找到我家，坐下之后，他从提包里掏出十万块现金放到桌子上："蔡哥，这是十万，你把那只青花瓶子给我吧。"

我从那十万中只拿了两沓两万块钱，将其他的又推了回去："我第一眼看到它的时候，就看出了这只青花瓷瓶只是民国的一件仿品，最多只值几百块钱！"

刘建不解地问："那你当时为什么给我两万块？"

我说："我只是想给你两万块作本钱，让你去做生意赚钱，好养家糊口，好供孩子上学。"

刘建说："那些鉴宝专家怎么都说它价值二三十万呢？"

我笑了笑说："那些专家都是我的好朋友，是我故意让他们这样说的，也是故意说给你听的，好让你努力挣钱再买回这只瓶子。现在我打听到你的生意已经越做越好了，还赚了不少钱，所以，我决定收回两年前买你的这只瓶子所花的两万块钱，这只瓶子你也可以拿回家作个纪念了！"

说完，我从博古架上取回了那只瓷瓶，交到了刘建的手里。

刘建疑惑地问："真的假的啊？这只元代的青花瓷难道真的只是一件仿品？"

我说："绝对是仿品，只要稍懂行的人，一眼就能看得出来！"

刘建听了，急忙说："我相信你说的是真的。但我不想再买回这只瓶子了，还是你收藏着吧。"

说完，刘建将青花瓷瓶放回桌上，然后从我手里一把夺回了那两万块钱，和桌子上的钱一块装进他手中提着的包里，推开门，在我惊愕的目光中，头也不回地走出了我的家门。

不久，这件青花瓷被一位资深收藏家硬是以二十五万的价格从我手中淘走。

这样一来，我也迷茫了，再也弄不明白这件青花瓷究竟是真是假了。

碧玉镯

我和老婆都喜欢玉，正好我的一个同学在菏泽城区建了一个玉雕厂，而厂子离我们家又不太远，于是我们夫妻俩无事的时候就常常到他的厂子里去看玉制品，有时也买上一两件。

有一天，我们在同学的玉雕厂看到了一件刚加工出来的碧玉镯，老婆的眼里立即发出了光彩，拿在手里把玩，一直不肯放下："老公，我们买了吧，我感觉这个镯子就是为我而生的。"

说着说着，她就将这只玉镯不经意间套在了右腕上。

玉是讲究缘分的，见老婆如此喜欢，我想她和它一定有缘，就说："好吧，我们这就买。"

老同学说："这个镯子价格可不低哟！"

我说："再贵我也要，嘿嘿，别看不起老同学我是个耍笔杆子的！"

老同学说："我说的是真的，这只镯子的料子是从和田弄来的，光料子就三万多呢！"

我没有想到会这么贵，但话已经说到这个份上，我只好一咬牙："我只给你料子钱三万，多了不给！"

老同学说："我这么大个厂子，工人们也要发工资吃饭呢，再说了，料子真的三万还要硬哩！"

我说："我相信你的料子真这么贵，又只最适合雕这么一只玉镯。但那些从这块料子上分割下来的下脚料雕的东西少说也得值个万儿八千的吧！"

老同学一时无话可说："那就赔本给你吧，谁让咱是同学呢！"

老婆看我确定要买，又犹豫了："这么贵，咱不买吧！"

可是她试了多次，那只镯子却无论如何也从右腕上退不下来了。

轻易地就戴上了，却怎么也退不下来，我相信，这就是缘！

正好我随身的银行卡里有钱，于是立即转账，买了！

人养玉，玉养人。老婆戴上那只碧玉镯之后不久，她和玉都被养得光彩照人！

过了一年多，我们去北京旅游，少不了又去北京市玉雕厂去看玉。玉雕厂的刘厂长亲自领着我们参观。

突然，刘厂长注意到了我老婆手腕上的那只碧玉镯，眼睛突然大放光芒，嘴张得大大的好久没有合上："你这只镯子卖吗？"

因为只要去北京办事，我就会抽点时间到北京市玉雕厂看玉，我和刘厂长也算是熟人了，我虽然无意要卖这只镯子，但还是半开玩笑地说："价钱好当然卖了！"

刘厂长说："我出 68 万，你们卖吗？"

我和老婆都大吃一惊，但不知为什么，在这样的天价面前，我们都没露声色，而是异口同声地说："不卖！"

刘厂长说："这是我经营玉石生意几十年来看到的最好的和田玉。但我说句实话，我最多只能出到 98 万，再多一分我也出不了啦！如果你们想卖，我们这就去签合同，今天我就将钱划给你们。"

在无比的震惊中，我们两口子都没有再说话，立即在刘厂长惊讶的目光和叹息的声音中满怀小心地走出了北京市玉雕厂。

回到家里，老婆又是往手上打香皂水，又是往手上套塑料袋，想了不少办法，最后终于将那只碧玉镯从右腕上退了下来，然后小心地用绸布包好，放到了一个精美的首饰盒里，收藏到了家里最隐秘的地方。

我问她："你为什么不戴了？"

老婆说："这么贵重的东西，我怎么敢戴？万一碰碎了怎么办？万一被人抢去了怎么办？"

我说："可是再贵重的镯子，如果你不卖又不戴，它又有什么用处呢？！"

可是无论我怎么说，老婆就是不肯再戴。

此后，老婆总是一副心事重重、胆战心惊的样子。过了不久，人也

瘦了，脸上的光彩也没有了。

我开始为老婆担心，于是偷偷地给北京市玉雕厂的刘厂长打通了电话……

又过了一段时间，老同学也知道了这件事，后悔得要死，因为对自己鉴玉的能力非常怀疑，他发誓今生再也不做玉石生意了！

儿童速递公司

我这趟共带了六个五六岁的孩子从菏泽去北京。让我没有想到的是，到了北京站，刚出了列车厢我就被正候在车下的几个警察拧住了两只胳膊。我大呼："你们这是要干什么？"警察说："你和这几个孩子跟我们到派出所去一趟！"说完，我们就被带到了北京站派出所。

一名看样子是个领导的警察严厉地对我说："你涉嫌拐卖六个孩子！"

我说："我没有！"

警察问："这六个孩子是你的吗？"

我说："不是。"

那名警察又问："是你的亲戚邻居吗？"

我回答："也不是。"

警察问："那你怎么一路上带着他们六个孩子！"

我忙解释："是这样的，我开了一家儿童速递公司……"

警察非常诧异："你说什么？你开了一家儿童速递公司？"

我说："是的。现在在外地在打工的中青年人不是很多吗？他们由于工作忙，往往一年两年地回不了一趟家。即使回家一次各种花费和因请假所扣的工资也很多。可是他们谁不想见一下自己的孩子呀！于是我就帮他们快速把孩子送到他们身边。"

警察问："那他们能放心地让你带他们的孩子吗？"

我说："一开始工作是很难开展，但凭了我们的诚心和服务质量，现在已经打开了局面，我们公司每天都会有不少业务！"

警察问："你是怎么向他们收费的？"

我说："吃住行对方全报销，我送一趟孩子根据路程的远近再收他们二百到三百块钱的快递费，多数过几天我还要将送过来的孩子再接回老家，这样又能收到二三百块钱的快递费。对每个孩子父母来说，这笔钱不算太多，比他们回趟家花得要少多了，还不影响他们的工作，但对于我们公司来说，却可以挣不少钱。现在我们公司每月都可以挣好几万呢！我们今年还打算买自己的专车接送孩子，到时候就不用再搭火车和乘公交了。"

警察说："你说的我一点也不相信！"

我说："按照事先的约定，本来我是应该把六个孩子全部送到他们父母身边的，但是你们既然不信，我只好给孩子的父母打电话让他们过来接孩子了。"

分别打过电话不久，孩子们的父母相继来到了派出所。他们见了自己的孩子都无比地激动，抱着孩子亲了又亲，然后纷纷向我表示感谢，同时将快递费和各项花费当场都交给了我。

我们一同走出了派出所大门，远远地听见那个干部模样的警察还在后面感叹："孩子也能快递！真是闻所未闻。看来我的脑子真的赶不上形势了！"

我的免费影院

好几年没有进电影院了，今年春节过后，我准备去看场电影。可是到了影院门口，我却看到影院的大门上贴着一张招租启事，说影院现已停业，要对外出租。

我知道，现在有了网络和数字电视，在家就能看各种各样的电影，而电影的票价又贵，所以进影院看电影的人越来越少了。这家影院之所以对外出租，一定是经营不下去了。

但是我却决定顶风而上，接过这家电影院！

签过租赁合同后，我花几十万对这家影院进行了中档装修，将墙壁和顶棚进行了包装，将银幕和座椅进行了更新，将后排增加了二百多个情侣包间，并安装了暖气、更新了空调。

装修完成之后，我贴出了一纸广告：本影院每天五部时尚大片二十四小时循环播放，三天一更新，免费观看；凡进情侣包间的恋人或夫妻，不但免费观看，而且免费赠送价值 28 元的闪小说集《鸳鸯名片》一部；双休日和节假日，欢迎各中小学校组织包场，进行爱国主义和科学知识教育，不但全免费，而且对每个学生还有小礼品相送！

此广告一出，立即全城轰动。我的免费影院不但为青年男女谈恋爱提供了一个最佳的去处，而且还成了大家休闲娱乐的好场所同，甚至成了晚上无处可去的流浪人员免费的宾馆。每到节假日，各中小学更是都提前跟我联系，要排队进影院观看有关电影。因此，影院内一千二百多个座位，天天二十四小时爆满，开业不久，我不得不雇了四个保安维持秩序。

转眼到了年底，我算了一笔账，一年来，就影院这一块来说，由于

我没有收取一分钱的费用，我的租赁费、装修费、拷贝费、员工工资、水电费等各项费用加起来，赔了一百多万元！

一年来，由于我坚持免费为大家放电影，县委、县政府和文化、民政等机关和部门都给了我很多荣誉和奖励，但是大家对我的行为却是非常地不理解，纷纷问我哪来这么多钱可赔，我只微笑不答。

其实，由于影院这一千二百个座位，每天平均要有三到五轮即三到五千的人使用，他们多数要看三至五个影片，要在影院里待五到七个小时，期间他们一定要进行消费，而影院门里的大厅已经让我装修成了小吃店，门外的那十几间原属电影院的门市我也一块租了过来，这个大厅和这些门市，在这不到一年的时间里，已经给我带来二百多万的纯利润！

套用古代一位文学家的话来说，我经营免费的电影院，是醉翁之意不在酒，而在于酒店之间也。利大家，也利自己。

现在，全城还有三家影院在勉强维持，明年春节过后，我决定将它们全部租赁过来，建成全城四大免费影院。

实际上，当主业务不能赢利时，我们如果尝试着从主流的边际着手，往往会创造出经营的奇迹，在惨烈的市场竞争中脱颖而出。

最好的求职简历

大学毕业之后很长一段时间，我都没有找到工作，于是我收起了破烂，这样既可以历练一下自己，又可以解决迫在眉睫的生活问题。

有一天黄昏，我趁大家都下班的时间，来到一座小别墅前，停下三轮车高声吆喝起来："收破烂啦！收破烂啦！您家里有什么用不着的东西，我高价回收了！"

我刚吆喝了几句，别墅的门就打开了，从里面走出来一个中年男人。

那个中年男人望着我问："是你要收破烂吗？"

我忙笑脸相迎："是的，如果您有什么不用的东西，我可以帮你收拾一下。"

那个中年男人说："那你跟我来吧！"

中年男人领着我来到了他的书房，对我说："我工作之余爱看点书，就买了很多书，放得到处都是，老婆看了很心烦，先处理一批吧。您收的书多少钱一斤？"

我说："现在的价格都是书纸五毛，报纸七毛。"

中年男人说："钱多少倒无所谓，全当是帮我打扫一下卫生吧。"

我一看，他的书房里果然到处放的都是书。

按照他的指点，我将他不用的书拿到一边，边整理边打捆。

我将捆好的十几捆书过了斤，给了中年男人二百多块钱。

第三天的黄昏，我又来到这座别墅前，看到这个中年男人要回家，忙迎了上去："您好！"

中年男人说："你怎么这么快又来了啊？这会儿我家没有什么破烂要卖了！"

我说："是这样的：我上次从你这儿按废纸的价格收了四百多斤书。我拿回去之后，看着很多书的内容和品相都不错，有的还是全新的好书，我就它们的分门别类按本卖给了旧书店和旧书摊，这样一来，就比卖废纸多卖了两千块钱呢。我留下二百作为劳务费，这一千八我是来还给你的。"

中年男人很是惊讶："我已经按废纸价将书卖给你了，此后你再怎么卖，那是你的事，赚多少钱，也就都是你的了啊！"

我说："我既然按废纸收的您的书，也就只能挣卖废纸所得的利润，既然按旧书卖多卖了钱，我就应该将多卖的钱返还给你。我只拿我应该得到的东西。"

说完，我将那一千八百块钱塞进中年男人的手里，同时递上了我的名片："如果您家再有什么用不着的旧东西，多多照顾我的生意就行了，直接打电话找我，我保证随叫随到。"

中年男人接过名片，仔细看了一下，很是惊讶："哟，你还是一位名牌大学毕业的大学生啊！"

我说："是的！"

中年男人问："那你怎么收起来破烂了？"

我说："我家是农村的，大学毕业了，总不能再向父母要钱了吧？但毕业后一时也没有找到较好的工作，我就决定从最苦最累的活先干起，这样，既解决了我的生活问题，也可以锻炼一下自己！"

从此，这个中年男人就常常打电话让我到他家去收破烂。有时，他让我帮他收拾家里的东西，然后就要顺手把淘汰下来的旧物品送给我。但干活免费，我没有一点怨言，他不用的旧东西我收了后，一定会按价给他钱，有时我处理后卖的钱多了些，还会给他送过来。

三个多月后的一天，我得到一条信息，天胜集团总公司要招聘工作人员。天胜集团是我们市最大的一家上市企业，也是我心仪已久的工作单位，于是我就决定第二天去应聘。

当天晚上，中年男人打电话让我到他家。

到他家之后，我以为他又要让我帮助收拾一下东西，就对他说："明天我要去天胜集团总公司应聘，如果聘上了，我可能就不能常常来你家

收拾东西了！"

中年男人先让我坐下，并给我倒了一杯水，然后笑了笑，对我说："今天我就是为了这事才让你来的，不是让你来收破烂。"

看我迷惑不解，中年男人又说："我就是天胜集团的总经理张胜利。"

我很吃惊："真是想不到我能认识您！我明天就去您的人事部投递求职简历！"

张经理说："你已经被录取了，不用再投递求职简历了！"

我更吃惊："这是为什么呢？"

张经理说："你其实已经向我投递了一份最好的简历了！"

我不解地问："我什么时候向您投递简历了？没有啊？"

张经理说："三个月来，你用自己的行动给我投了一份最好的简历：大学生，能放下架子，能吃苦耐劳，不贪图钱财，有经营头脑，像你这样诚实可靠的年轻人正是我们公司所需要的！还有比这更好的简历吗？我想高薪聘请你当我的助手，明天你就可以到我公司上班，你愿意吗？"

我兴奋地说："我愿意！"

曲　径

最近，我们局里基建科长的位子空了，这可是我们局非常重要的一个科。我这个多年的副科长很想借机转正。可是我知道，在我们这个数百人的大局里，我认识王局长，王局长却不认识我。

我本来就对人情世故是个外行，又和王局长没有一点私人关系，后来还听说有几个副科长去给王局长送烟酒或是购物卡，都被他退了回来，虽然也很想找他去"活动活动"，却又不知如何下手。正愁得茶不思饭不想之际，老同学李梅来访。

李梅看我满脸愁容，忙问我怎么回事。我知道李梅社交能力特别强，神通广大，就把我的苦恼向她说了一遍，希望能得到她的指点。果然，李梅听完我的话，哈哈一笑说："我当什么大事呢！就这么点小事啊！看把你愁的。我和王局长很熟的，你先准备一万块钱，这件事就交给我办好了。"

我疑惑地问她："办这样大的事，只用一万啊？是不是太少了点？"

李梅说："不够你就再拿嘛。何况这也算不上什么大事！让谁当不让谁当这个科长还不是王局长一句话的事？今天晚上六点半你带上钱在楼下等我，我领你去找王局长，你一切听我的就行！"

我说："好的！好的，我绝对听您的。"

晚上，我和李梅碰头后，她将我领到不远处的茗香阁茶叶店。这家茶叶店我以前也去过，但因为他们的茶叶都贵得不靠谱，所以我也没在那儿买过什么东西。李梅好像对这儿很熟，一进店，她就很热情地向卖茶叶的女老板打招呼："赵姐，给我拿两包茶叶。"

显然，李梅和赵老板很熟。赵老板顺手从货架上拿下来两包茶叶，李梅看也不看，就装进一只购物袋里，然后对我说："交钱。"

我问李梅："你也没说要什么茶叶，也没问价，就交钱啊？"

李梅说："不用问价，也不用管是什么茶叶，让你交钱你交就行。"

我问李梅："那咱交多少呀？"

李梅说："不是说好了吗？一万啊！"

我很吃惊："两包茶叶，一万？"

李梅说："是的。这还是便宜的呢，贵的要好几万一包呢！"

我问："这钱咱不是要去办事用的吗？"

李梅说："咱买茶叶就是去办事的啊！你不要多问，听我安排就行了。"

既然说好了一切听李梅的，我也不好再多问，只好交了钱。

在交钱时，赵老板问我："收据开谁的名字？"

我正不知如何回答，李梅说："就开我这位朋友的名字，刘洋。"

交完了钱，李梅拿了收据，提了茶叶，然后对我说："走，我领你到王局长家跑一趟。"

到了王局长家，李梅显得很随便，一眼就能看得出她跟王局长真的很熟："王叔在家啊，好久不见您了，很想你呢，今天我特意和这位朋友一起过来看看您。"

王局长果然不认得我："是小梅啊！快请坐。对了，你这个朋友是谁啊？我看着怎么有点面熟呢！"

李梅说："您真是贵人多忘事，我的这位朋友就是你手下的兵呀，跟你干了七八年了呢。她名叫刘洋，还是你们局环卫科的副科长呢！您看一下，就是这收据上写的名字。"

说着，李梅将那张收据递给了王局长。王局长认真地看了一眼收据，就放到了沙发前的茶几上，然后说："刘洋啊，这名字好记，坐神九上天的那位女同志不就叫刘洋吗？"

李梅说："是啊。我这位朋友和那个坐神九上天的女同志比，也差不到哪儿去呢！业务能力和组织协调能力都很强的，人也很懂事。这不，她听说您爱喝茶，就在茗香阁茶叶店买了两包茶叶想孝敬您。您先品尝一下味道，如果喝着好呢，回头再让她给您买几包来！有机会的时候，

你一定要提拔她一下啊，我敢保证，我这位朋友肯定不会让你失望的！"

王局长说："好的，好的，我正想重用一批有真才实学的年轻人呢。我留心一下，看一下最近有没有合适的机会。"

李梅听王局长这样一说，忙拉了我的手站起来说："王叔您挺忙的，我们就不多打搅了。过两天我们再来看望您，你一定要注意自己的身体啊！"

王局长说："小梅啊，我这儿茶叶有的是，这两包你还是和刘洋拿回去自己喝吧。"

李梅样子非常天真地笑了笑说："王叔，那我就不客气了啊。我家里正缺茶叶呢！"说完，竟然真的又把那两包茶叶提了回来！

出了王局长的家门，我大感不解："咱花了一万块钱，不是就要给王局长送礼的吗？你怎么又把茶叶提回来了？"

李梅笑了笑说："礼物我已经帮你送到了！事情应该办得差不多了，你就等着请客吧。"

我更加不解："没有啊？我们什么也没有送给王局长啊！"

李梅说："已经送到了，就是那张收据。"

我再问："可是那张收据不就是一张小纸条吗？它能有什么用呢？"

李梅说："当然有用。一是让王局长知道你的一万块钱已经送给他了，二是让王局长记住了你的名字。"

我仍不明白："这是怎么回事呢？"

李梅说："这是因为这茗香阁茶叶店就是王局长家开的，你在那儿买了茶叶就等于给他送礼了嘛。"

我还是不明白："那将茶叶送给他不是更好吗？"

李梅说："送给他不送给他都无所谓。"

我问："这是怎么回事呢？"

李梅说："因为这两包茶叶加起来，实际上不一定值得了二百块钱呢！"

尽管我对李梅讲的这些道道弯弯最终也没弄太明白，但半个来月后，我却真的当上了基建科长。

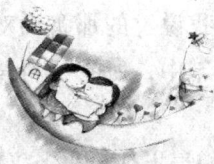

空位子

三年前，我们局的老局长退居二线，王局长来到我们局当上了局长。

王局长来我们局几天之后，就把我叫到他的办公室里单独谈话。让座之后，王局长非常诚恳地对我说："赵科长，我来这些天，对单位的各位工作人员也有了个初步的了解。我知道你是一位学有所长，又非常勤勉敬业的好干部。这些年来，你也为单位做出了很大的贡献。我能来这儿当班长，也是我们俩的一种缘分哪！在今后的相处中，你一定要多多支持我的工作。现在咱局里不是还空着一个副局长的位子吗？只要你能在工作中做出更大的成绩，一有机会，我就会把你报上去！但是你一定要记住，这种事要千万保密，不要让其他人知道。不然，竞争的人多了，你的事就可能办不成了。"

说实在的，我当这个科长已经有十多年，因为上面没有根，手中没有钱，所以我对进步也"没想法"，因此在工作中也总是懒懒散散，得过且过。

那天听王局长这样一说，我简直受宠若惊！一下子就看到了进步的希望。忙毕恭毕敬地站起来对他保证："您放心！您放心！我一定会把自己负责的各项工作都抓紧抓好！抓出成效！我一定在省里争名次，市里争第一，全力支持您的工作！"

因为对进步有了"想法"，这两年来，我真的做到了勤勤恳恳、任劳任怨，在工作上取得了很大的成绩。当然，我也忘不了到王局长那儿孝敬了几次。我这几次给他上的贡，加起来少说也得有两三万吧。而每次我和王局长"顺便"谈起我的"想法"的时候，王局长总是对我说："你放心好了，应该快了，一旦有了机会，我第一时间就将你报上去。"

可是就在我热切地盼望着实现我的"想法"的时候，一年前，王局长却因为工作成绩突出，被提拔到外县当副县长去了！

王局长调走之后，经过一番打听，我才终于明白，原来，三年前，王局长刚到局里工作的时候，将对我说过的那番话对我们局所有七八个科长都单独说了一遍！难怪在这两年中，所有的科长工作起来都这样卖命呢！

王局长走后不久，李局长到我们局上任，当上了我们局新的一把手。

李局长上任没几天，也把我叫他的办公室里单独谈话。让座并亲自给我倒了一杯茶之后，李局长非常诚恳地对我说："赵科长，你也知道，我以前在组织部工作的时候，就管干部考核，所以，我早就对你有了一定的了解。我知道你是一位学有所长，又非常勤勉敬业的好干部。这两年来，你也为单位做出了很大的贡献。我能来这儿当班长，也是我们俩的一种缘分哪！在今后的相处中，你一定要多多支持我的工作。现在咱局里不是还空着一个副局长的位子吗？只要你能在工作中做出更大的成绩，一有机会，我就会把你报上去，这样别人也就说不出什么来了。你以后什么也不用多考虑，只干好工作就行了……"

听李局长这样一说，我立即站了起来，毕恭毕敬地对他说："您放心！您放心！你们当领导的工作起来都这么有艺术，我们当兵的哪能不拼命工作呢！我一定会把自己负责的各项工作都抓紧抓好！抓出成效！我一定在省里争名次，市里争第一，全力支持您的工作……"

我当面虽然对李局长这样说，但从他的办公室里出来之后，却对他的话和我的话都没有再当回事，从此又过上了我以前那种懒懒散散、得过且过的日子。

我注意到，一年来，我们几个老科长的心思都没有放在工作上，只有李局长来到之后新提拔的刘科长，整天紧跟着李局长，一刻也不停地忙这忙那。我想，李局长上任时对我说过的那番话，一定也对刘科长说过了。可是李科长一定还不明白，领导们这样说，只不过是他们所谓的领导艺术而已，目的是为了让我们为他卖命！那个位子只有空着才更有用！

可是，让所有人都料想不到的是，就在昨天，在我们局各位科长中

年纪最小，资历最浅，又同样没根没钱的刘科长，却一下子越过了我们几个老科长，因为一年来工作成绩突出被提拔为副局长了！

正在我愤愤不平的时候，今天一早，李局长又将我叫他到的办公室里："你也知道，我们局这个副局长的位子，已经空了快三年了。我起初最看好的就是你。可是，这一年来，你太让我失望了！工作上一点成绩也没有，我拿什么提拔你？我真不知道你们这几个老科长们到底是怎么想的？为什么在这一年中都这么懒懒散散、消极怠工？难道是对我有意见吗？"

我无言以对。

安乐死

那天听说我的同事兼好友张科长病危的消息之后，我马上买了点礼物去医院看他。

在进病房之前，我先找到了张科长的主治医生、我高中时候的同学刘医生问了一下张科长的病情。刘医生说："最多还能再活三天吧！"

到了病房，张科长一见是我，两眼立即放出了光彩，急切地问："那件事怎么样了？有结果了吗？"

我虽然一时不知道他说的是哪件事，但既然知道他最多只能再活三天，我也就不好意思再问他，只好应付着："领导正在研究，快了！快了！"

张科长说："这就好，这就好，我正等着呢。"

一个月过去了，听说张科长仍然在住院，我就又去看他。

张科长见了我第一句话就问："领导研究出结果了吗？"

说实在的，他上次问我的事我早就忘了，根本没有往心里去，这时他又突然问起，我还是不知道他问的是什么，只好再次应付："听说快了，也就是这几天的事了吧。"

张科长听了，兴奋地说："这就好，这就好，我正等着呢。"

时间不觉间又过去了一个月，听说张科长仍在住院，我再次去医院看望他。他见到我的第一句话仍然是问："领导已经研究了吗？怎么会这么久啊？年初不是说今年五月份就动人吗？"

这下我才算真正地明白他说的是什么了。张科长当了 20 年的科长，今年五月局里动人，他是最有希望当上副局长的人选，可是在最关键的时候，他却得了重病，于今年 3 月住进了医院，从此再也没有出来过。

今年五月我们单位是动人了，但因为他的病实在是太重了，起不了床，据医生说也根本治不好，所以副局长早就明确了别人！而被医生宣布只有三天的生命的他为了等这个副局长，居然又挺过了两个多月了！

想到这儿，我一阵心酸，忙对他说："因为前阵子闹 H1N1，咱县里的人事问题冻结了，现在刚解冻，听说局里已经将您的副局长报上去了，最近就会有结果。"

张科长说："这就好，这就好，那我等着。"

从病房出来，我直奔组织部，找到了和我关系还算不错的王副部长，向他说明了情况："你看张科长一直在等结果，反正他病的这么重也不可能再活着走出医院了，您是不是给他下一个文件，让他看上一眼，也好让他了却最后一桩心愿？"

王副部长听了我的解释，笑了："你以为任命一个副局长的文件是那么随意就下的啊！"

我说："我不是要您真的任命啊，您就是真的任命了他也上不了一天班。您只要给他临时造个假的任命文件就行！您就找个文件头，打上这么几行字，盖个公章不就得了吗？让他看一下我就销毁，反正他也活不了几天了。当副局长是他唯一的愿望啊！"

王副部长说："要是都像你这样说，谁有想当官的愿望，临死我都得给他下个任命的文啊？这不是胡扯吗？再说了，组织部只能下正股级的文，副科级以上干部归县委管，任命文件归他们下，你还是去找县委吧。我正在忙呢，你不要再在这儿开玩笑了好不好？"

听王副部长这样说，我只好从他的办公室里走出来，心想，如果不能下个文件，让组织部的人找张科长谈谈话也行啊！于是我又去了组织部的干部科去找大学时的老同学刘科长。

听我说完情况，刘科长双手一摊："爱莫能助啊！"

我说："求求您了！你就以组织的名义去找他谈一次话吧，就说他的副局长已经由县委研究通过了，好满足他最后一个愿望。"

刘科长说："可是这是违背组织原则的事啊！"

我说："这事我们不往外说，谁也不知道啊，老同学，您就行行好吧！"

在我的软磨硬泡下，刘科长终于答应了，于是我们一块去了病房。

到病房见了张科长，刘科长说："你当副局长的事，组织上已经研究了，本来王部长今天要亲自来和你谈话的，但他突然有急事，就派我一个人来了。你同意组织上的安排吗？"

张科长听了，努力地从病床上折起身子，紧紧地握住刘科长的手，激动地说："我坚决服从组织安排！保证完成组织上交给的任何任务！"

我说："祝贺张大哥啊！"

张科长说："县委什么时候下文呀，文件下不来，就不能算数的。"

我忙说："你别急，一般都是谈过话这个事就算定下来了，过不几天就会下文件的。"

张科长说："这就好，这就好，那我等着。"

从病房出来，我又作了难，王部长说副科级以上干部，得县委常委会研究，县委下文，显然这份文件我是不可能弄得出来的，可是张科长非要亲眼看到县委下的任命文件才放心，那我怎样做才能满足他的这点心愿呢！

又过了半个多月，听说张科长已经有时清醒，有时昏迷，在清醒的时候，他就念叨："文件怎么还没有下来，文件怎么还没有下来！"

我知道，我这位好朋友等不到任命文件就会死不瞑目。为了让他走得安心，万般无奈，我只好花钱让人伪造了县委的任命文件。我知道，我这样做不光是违纪，已经是违法了。好在这是对一个病危的人做的，只是让他看一下我就销毁，希望对我以后的发展不会有什么严重的后果吧！

我拿了假文件，再次去探望张科长，骨瘦如柴的张科长看到我手里的文件，猛地坐了起来，一把抢过文件，反复地看了无数遍，然后大笑几声："哈哈！我终于当上副局长了！哈哈！我终天当上副局长了！"

笑完，张科长猛地吐出了一口污血，长长地喘出了一口粗气，轻轻地躺正了身子，满脸微笑地闭上了双眼，从此再也没有睁开。

天下无贼

我失业了，心里非常着急，于是就去找我的朋友、神通广大的贝尔帮忙，看他是否能帮我找一个合适的工作。

"这很容易。"贝尔说，"你愿意跟我干吗？我这儿正好需要有一个人帮忙。"

"在您这儿干？我哪是这块料啊！"

"其实我让你干的事也很简单。我给你一个存款折，你每天早晨9点钟，拿着这个折子从银行取出几万块钱，装进一个方便袋里，然后提着它去逛街，逛商店，进酒店喝酒吃肉，到下午五点来钟的时候，你再把钱存进银行就行了。"

"可是，我哪有钱天天喝酒吃肉啊？"

"你吃喝的钱我会给你报销的。"

"我的工作就这么简单？"

"是的，就这么简单。"

"就这样我就能领到工资？"

"当然。而且，你领到的比你失业前的还会多。"

就这样，我开始了我的新工作。有时候，有的人也想抢我手里的钱，但每次当我和这些抢劫犯撕扯的时候，总会有几个人冲上来帮助我制服这些罪犯，我看这工作没有什么危险，还真的能得吃得喝得工资，干起来越来越有劲了！

有一天，当我走到一个偏僻一些的小街的时候，一个抢钱的家伙事先什么征兆也没有，居然上来先给了我一刀子，然后再抢钱！这时又上来几人将这个抢劫犯制服了，我也被他们及时送到了医院。

好在我的伤并不致命。贝尔来医院看望我，我对他说："贝尔先生，这工作太危险了，我不想干了。我还有老婆孩子呢！"

贝尔说："你想啊，做什么工作不要付出点代价呢？难道还有比这更好的工作吗？再说，你没有感觉到我派遣了很多人在暗中保护你吗？这样好了，我给你一套防弹内衣，你就可以刀枪不入，不会再有什么危险了。"

想想贝尔的话也很有道理，于是我又继续了我的工作。

又有一天，我刚从银行里取了几万块钱走出来，突然有五六个人手持匕首围上了我。

我忙将钱搂在怀里，我想，只要我能争取一点点的时间，贝尔的人一定会赶过来的。

可是，我被那帮人暴打了很长时间，直到差点被打死，也没有一个人上来救我。我想，这一定是贝尔的人看到这伙人都拿着凶器，所以不敢上来了！自然，那几万块钱也被他们抢走了。

可是，这样一来，贝尔不干了！他让我还他的几万块钱。可是我哪儿有钱还他呢！于是贝尔，我这个最好的朋友，将我起诉到了法庭。

我连打官司的钱也是没有的，我请不起律师，更不能上下打点，何况我只是一个平凡的老百姓，而他们是一个大机关，我只好听天由命。我想，我一定会败诉，这辈子怕是还不起这笔债了。

正在这时，一个有名的大律师豪鸣王主动站了出来，要对我进行法律援助。

在法庭上，豪鸣王为我辩护道："这一年多来，在我的当事人的帮助下，你们已经先后抓获了 21 伙抢劫犯，使我们这座城市的治安状况大大好转。这一年多来，在我的当事人的帮助下，贝尔和你们局得到的各奖励、荣誉和罚款数不胜数！而我的当事人冒着生命危险所得到的，仅仅是那一点点可怜的工资！你们这是在利用我的当事人，你们这是非常不人道的行为，我们保留上诉的权利！我的当事人之所以会拿了这么多钱天天在街上走，这是你们的安排，这是你们的工作的一部分，虽然我的当事人不是你们的正式工作人员，但他所做的事却是你们的公务行为，对此所造成的一切损失，我的当事人不应该承担任何责任！这次，你们

仍然是在利用我的当事人，可是当事情发生的时候你们的人却没有人敢冲上去，而是畏贼如鼠！你们的钱被抢了，而你们的人却不敢站出来，这件事如果传出去会有什么后果，我想你们是最清楚不过的了！难道你们真的想让我就此事召开一次新闻发布会吗?！而我的当事人为了我们城市的和谐稳定，冒了这么大的危险，做了这么多的事情，他当然是我们城市的英雄！他应该得到的是荣誉和奖励而不是当被告!"

我是这么的平凡，而我的工作又这么简单，我真想不到我会成为英雄。

不知怎的，我的事迹突然之间成了各大报刊、网站报道的焦点，我不但成了协助贝尔抓获 21 个抢劫团伙的英雄，而且还得到了十万块的政府奖金。

我的事迹被广泛报道之后，我们的城市突然之间变得非常平安和谐了，简直是夜不闭户，路不拾遗，再也没有了抢劫案的发生。

如果有人看到一个人拿着很多钱在街上大摇大摆地走，他一定会说："这一定是警察局设的套，我们还是离他远一点好!"

我们的城市终于实现了天下无贼的目标！

醉　狼

张局长爱好打猎，而我们这片方圆几十公里的茂密林场，就是一个最好的狩猎场。于是每到双休日，张局长就会开了他的小轿车，如期前来"视察"工作。

张局长每次到来，我都陪同他打猎。每次打完猎之后，我也总是很用心地为张局长做一桌丰盛的野味。张局长走时，他打的所有猎物，我也会剥洗干净，全部给他放到车上。

这几年来，张局长的打猎水平每年都有所增长。起初，他只能打死野兔、野羊、野狗等地下跑的。后来，就可以打下野猴、野猫、松鼠等树上爬的。再后来，野鸡、野鸭、野鸽等天上飞的，张局长往往也是一枪一个……

上周末张局长再次光临，我陪他打猎的时候，走到深山不久，我们就发现了一匹野狼。

张局长有些害怕，直往我身后躲，我说："没事的，您直管开枪！机会难得啊！"

张局长知道我是老猎人，见我说没事，于是壮了壮胆，抬枪瞄准了那匹野狼。

张局长一枪打去，那匹狼应声而倒，我随之欢呼："张局长真是神枪手！咱这片林子里，最厉害的就是狼了，您能打死狼，从此，就可以在此纵横无敌了！"

那天中午，我大显身手，为张局长摆上了烩狼肝、炒狼心、炖狼肉、调狼血……

对于亲手打死的这只狼，张局长显然非常有"感情"，他异常兴奋，

吃得大汗淋漓，满嘴流油，手舞足蹈……

本周日，我的一位同事去世，我们林场的人全部去参加了他的葬礼。回来后，我发现张局长的小轿车停在林场办公的小院子里，而他人却不在，顿感不妙，忙招呼大家上山去找张局长，可在深山处发现的，却只是张局长被狼咬得残缺不全的尸体。

张局长哪里知道，他上周打死的那匹狼，是我事先捕住并提前用酒灌醉了的……

北极星

祖孙俩人办好了一批货物，要通过一片大沙漠。

正常情况下，通过这片沙漠需要走十天的时间，所以他们爷俩备好了十天的干粮和水就出发了。

他们晓行夜宿，前几天非常顺利，让人想不到的是，到了第五天下午，他们应该已经走到了沙漠正中间的时候，忽然刮起了大风。

到了第六天一早，风停了，他们的货物和骆驼都不见了，不少沙丘都移了位，前人留下的路也早不见了踪迹。好在他们爷俩还都平安无事，他们的干粮和水也没有丢失。

第六天他们走了一整天，到傍晚的时候，却又回到了他们出发的地方。到了第七天一早，他们再出发，可是傍晚仍然回到了他们出发的地方。到了第八天，仍是如此。

他们迷路了。

毫无疑问，在沙漠里，迷路就意味着死亡。

他们的干粮和水已经所剩无几，而他们仍然在沙漠的正中间！

晚上，爷俩无助地躺着沙子上。白天像火一样的沙漠，晚上却是刺骨的寒冷，正像他们爷俩的心情。

爷爷绝望地看着满天的星斗。

忽然，爷爷看到了北极星，不由心中一振："孩子，你看到北极星了吗？"

孙子说："看到了。"

爷爷说："你带上干粮和水，现在就出发，不过要改成白天睡觉，晚上朝着北极星走，这样就一定能走出沙漠。"

孙子问："爷爷，那你呢？不跟我一块走吗？"

爷爷说："不了，爷爷等天明的时候朝另一个方向走，这样咱爷俩有一人活着出去的机会更大些！"

于是孙子带上干粮和水立即出发了。

天亮的时候，爷爷躺在沙漠上安详地闭上了双眼。

他并没有出发，因为他已经将所有的干粮和水都交给了孙子，无论他朝哪个方向走，都无法活着走出沙漠。

闻香识女人

在接管老爸的亿万产业之前，他让我先在外面找份工作干干，以便体验一下创业的艰难，于是我去了玫瑰园小区当楼盘推销员。

在这个小区里建造的，全是豪华别墅，最便宜的也在 500 万以上！

开盘那天，售楼处前面的小广场上一下子涌进了很多的奔驰、宝马、法拉利。当然，这些车的主人刚一下车，就都被满面春风的楼盘推销员迎进了售楼处。

这时，我注意到一个女子是打的过来的，她从小广场下了出租车，看到没有人在意她的存在，只好自己走进售楼处。她在沙盘周围看了一圈之后，就找到了一个沙发坐了下来。

等她休息了一会儿，我热情地迎了上去："大姐，你好，我知道您想要的不是一般的别墅，要就会要整个小区设计、建筑、位置最好的那一座！请让我帮你介绍！"

听我这样一说，这个女子立即来了精神，声音洪亮地说："好！你就给我介绍最好的那一座！"

最好的当然也是最贵的，但是这个女子听完我的介绍之后，二话没说就签了合同，当场将 1200 万转进了开发商的账户！与此同时，我的账户上也多了 12 万的售楼提成。

办完了所有手续，这个女子问我："感谢您让我买到了最好的别墅！可是我有一点不明白，我看那些推销员都看不起我这个打的过来的人，为什么只有你这样看重我？"

我笑了笑说："当你从我身边一闪而过的时候，我闻到了你身上散发出的是克莱夫基斯汀香水的味道。能在身上喷洒几万元一瓶香水的女人，一定会是一个亿万富姐！"

波他娘

波他爹死的时候，波子才两岁，波他娘才二十二岁。

二十二岁时候的波他娘非常漂亮。看她年纪轻轻就守了寡，说媒的接踵而至，但她都推了："俺小波有残疾，我得一个心眼地照顾俺小波。"

日月如梭，光阴似箭，转眼间三十年过去，波子已经长成了一个大男人。

长成了一个大男人的波子的残疾并没有医好，走起路来仍是一瘸一拐的。

一天，波子对他娘说："娘，我想要一个女人！"

波他娘说："这事娘不是不上心。你也知道，这些年挣的钱都给你看病了，咱家这样穷，你又有残疾，没有谁家的大姑娘想进咱家的门啊！"

波子说："没有大姑娘，小寡妇俺也要！有毛病的俺也不嫌。"

波他娘含着泪说："好，好，娘再给你想办法。"

此后，波他娘就常常求人帮波子找小寡妇，有时候她还一出去就两三天才回来。

过了不久，波他娘竟然真的领了一个小寡妇回来！

波子终于结婚了！

波子娶的这个小寡妇名叫小菊，小菊长得很是漂亮，年龄才二十七，结婚后能吃能干，里里外外一把手，将一个家操办得井井有条。十个来月后，波子的媳妇又给他生了一个大胖小子。波子整天乐得合不拢嘴。

波子结婚周年的那天，波他娘收拾了一下自己的东西，然后对波子说："我今天得改嫁！"

波子大吃一惊："娘，你这不是胡说吧？这么多年你都没有改嫁。如

今，你都五十多了，我娶上了媳妇，你也抱上了孙子，这日子过得正越来越红火，你改什么嫁呀！"

波他娘说："这是去年说好的事，小菊嫁给你当媳妇，我去照顾她多病的公爹。"

母亲的谎言

在我小的时候，我们家非常地贫穷，一年之中，一般只能吃两次肉。一次是八月十五的那天，一次是春节那天。

可以想见，吃肉，对于那时候的我家来说确实是一件大事！

可是，从我记事的时候起，就知道母亲不爱吃肉。如果是她给大家盛碗，她从来不往自己的碗里盛一块肉。如果是我们盛碗给她盛了几块肉，她也一定会夹到我们兄弟几个的碗中，一块也不给自己留。

小时候的我曾经非常奇怪，就问母亲："娘，肉这么好吃，你怎么一点也不吃啊？"娘就会说："我不爱吃肉。"我再问："肉多好吃啊！你怎么会不爱吃呢？"娘就会说："我一吃肉，身上就起痒痒疙瘩，不敢吃呢！"

后来，我们兄弟几个都成家立业了，生活条件也越来越好了，吃肉也就成了我们的家常便饭。但我们都知道母亲不好吃肉，所以，和她在一起的时候，我们都不再给她的碗里盛肉。

时间如过隙之驹，转眼间几十年过去，我们都人到中年，母亲也老了，年到八十，眼花得厉害，耳朵也听不清楚了，但她仍不肯麻烦我们，坚持一个人住乡下。

前几天，我硬是将母亲拽上车，好说歹说终于将她接到城里来住几天。

那天中午盛碗的时候，我还特意对老婆说："不要给咱娘盛肉，她不爱吃肉！"老婆笑着说："这还用你说，我早就知道！"

一天下午，我到单位之后，发现一份材料忘在了家里，就又回去拿。

打开房门之后，却见母亲正在厨房的泔水桶里捞肉吃，还边吃边唠叨："这孩子怎么这么败坏！这么好吃的肉怎么说倒就倒掉了呢！"

原来母亲也爱吃肉！

我的八十岁的白发亲娘啊！！

装修工

我是一个农村的孩子，从小学到大学，十几年的学上下来，我早已花光了家里所有的积蓄。

参加工作几年后，我和爱人攒了十来万块钱，又找朋友借了点，就在城里按揭了一套房子。因为知道农村老家拿不出什么钱来帮助我，所以，买房子筹钱时，我也没有向父亲张口。

拿到房子钥匙之后，我找了一个装修公司进行简单的装修，装修的工期要三个多月。一开始，我还很不放心，可是后来去看了几次，见他们给我买的原料质量都非常地好，而报价却又非常的便宜，我也就放心了，因为工作较忙，期间我也就很少再去察看。

装修快要完工的时候，有一天中午我去新房子察看装修情况，工头老刘对我说："你请来的这位监工办事真认真。不但什么原料他都要亲自跟着去买，差一点点的也不要，而且我们干活时哪儿有一点的不用心，他都要让我们返工。不过，他对我们几个人也真的不错，不但帮着干活他最卖力，还天天给我们供应茶水和香烟……"

我被老刘说得莫明其妙："我什么时候请过监工了？"

老刘听说我不知道请监工的事，笑了笑说："你装什么迷糊啊！这事你不会不记得吧？我们刚开始装修的时候，他就来了。他说他和你是一个村的。如果不是你请的人，谁会这么卖命地帮你干活？还连工钱也不要？"

我问老刘："那他人呢？"

老刘说："去市场买原料去了，可能要到下午才能回来。"

我说："那你们继续干活，不要对他说我来过的事好吗？"

老刘说："好的。"

我心里对这位肯用心帮助我的神秘的"监工"非常好奇。那天下午下班后，我就立即去了我的新房子。

走进房子一看，老刘正和一位头顶着一条白头巾、浑身都是灰尘和涂料的老人在刷墙壁。

我感觉那个老人的身影非常熟悉，心想他一定就是那位"监工"，于是我就走上前去打招呼："大爷，您好，停下来歇一会儿吧。"

那位满头大汗的老人不好意思地转过身，我一看，呆住了："爹，怎么会是您？"

老爸嗫嚅地说："你在城里买房子这么大的事，我这个当爹的却一点钱也帮不上，我这心里一直过意不去。我年轻的时候不是跟着人家搞过建筑嘛，听说你装修房子，我就过来了，能帮上你点忙，我心里会好受点呢！"

落　叶

　　在这所大学的大门外，老张已经连续观察三天了。他发现，一辆高级轿车天天上班的时间都从这儿过去，下班的时候仍从这儿回来，他断定，这确实是一辆接送领导干部的公车。

　　要行动了，他想。

　　他的儿子就在这所大学上学，在行动之前，他要先去看一下他的儿子。

　　在这个世界上，儿子是他全部的希望和唯一的牵挂。这些年来，他在外地四处打工，就是为了儿子。他每月都把自己挣的所有的钱都打到儿子的银行卡上，他努力地想让儿子在大学里过上和别人一样的体面生活。可是，如今儿子大学还没有毕业，而他却再也没有能力照顾儿子了。

　　"等到了下课的点，我立即就去见儿子！"他想，"衣兜里还有最后一个月的工资，见了儿子，就全部交给儿子，一分也不留，然后，就去行动！"他下定了决心，心里就坦然了，于是就悠然地躺在了校园外的空地上休息。

　　这时，一片黄叶落在了他的脸上。

　　落叶！我这一辈子不就像这片叶子吗？他想。

　　落叶要归根！可是，他死了却不能归根！

　　他听说一个人被车撞死，车主会补偿死者家属二十多万，这足够儿子用到大学毕业和找个不错的工作了！自己已经得了不治之症，医生说怎么也活不过两个月，他要用这两个月为儿子换回二十万，他为自己的这个主意感到很是得意！

　　见过儿子后就去行动！他正迷迷糊糊地想着。突然听到有人大喊：

"大学宿舍楼着火了！"

他猛地站起来，立即冲进了校门，冲进了火海，用他最后的生命，救出来一个又一个大学生。

老张在大火里死了，没有人知道他是谁。

天际，有一片落叶正随风飘荡，越飞越高，越飞越远。

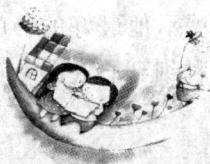

尊重和关爱

一个星期天下午，我和一名同事外出散步。路过一个路口的时候，同事突然紧走了几步，在前面不远处停了下来。

我跟了上去，不解地问："你突然走这么快干什么啊？"

同事说："我刚才见到了我年轻时的一个要好的朋友，我和他已经十多年没有见过面了。"

我不解地问："既然是十几年没见过面的老朋友了，看到了你为什么不和他打个招呼呢？"

同事说："我是因为看到他现在头发很乱，脸上很脏，衣服很旧，样子很窘，所以，才没有和他打招呼。怕他这时候见了我会感觉自己很尴尬。"

说完，同事悄悄地往远处一指："就是那个人，你看一下。"

我顺着同事手指的方向看去，果然看到了一个样子很窘迫的中年男人。

同事说："我想法打听一下他现在的手机号码，如果找到了，就问一下他最近的情况，真有困难，我再帮他。"

看看朋友走远了，同事打了几个询问电话，很快就得到了他朋友的号码，于是就打了过去。

打了一小会儿，同事说："朋友说他现在在城里做生意，日子混得还很不错呢。我约他今天晚上一块吃点饭，喝点酒，他很高兴地答应了，你如果没事，就作陪吧。"

我说："好。"

到了晚上，在约好的酒店，我又见到了同事那位年轻时的朋友，只

见他头发油光，衣服崭新，皮鞋锃亮，喜气洋洋，提着一箱不错的酒，俨然是一个小老板的模样，已经和下午判若两人！

看到这种情况，当时我的心不由得"咯噔"了一下。

是啊，人，都想对自己的亲朋好友展示他最好的一面，不愿意让他们看到自己尴尬的样子。同事对朋友这种细到心底的尊重和关爱，让我久久不能忘记。

倾城之死

　　我的那盆名叫倾城的兰花死掉了，我急忙到贝尔警长那儿报案。

　　贝尔耐心地听我讲述了事情的经过：

　　我开了一家大型的花店，专门经营各种高档鲜花。

　　今年初，我无意中得到了两盆名贵的兰花，我给它们一盆取名叫倾国，一盆取名叫倾城。

　　汉斯是我花店的老顾客。一天，他来挑选鲜花，当他看到倾国倾城的时候，眼睛顿时大放异彩，立即毫不犹豫地花30万元买了品相较好的倾国。

　　花店里只剩下倾城了，我想把它当成我的店花，不准备再卖，但是来看花的人多数都相中了倾城，他们给的价格也一路飙升，很快就达到了150万元。

　　汉斯听说了此事，也几次特意来和我商谈要再买下倾城。但他坚持出和倾国一样的价格，到后来给到了50万，说再多一分他也不会出了。我自然不卖。你想啊，别人出到150万我还没有卖，他出50万我能卖吗？

　　几天后，汉斯打电话让我带着倾城到他的办公室里去一趟，说他要再好好看看倾城，如果真的物有所值，为了给倾国配对，那么150万他也认了。

　　我不愿得罪老顾客，既然他出到了150万的最高价，别人我可以不卖，但如果他真想要，我也只能忍痛割爱了。于是我带上了倾城去赴约。

　　到了汉斯的办公室后，汉斯非常认真地鉴赏着倾城，并和他的倾国相互比较，边看边赞叹："倾国和倾城真是天生的一对啊！我决不会让他们分开的，你的价再高，我也一定要把倾城买回来！"

正在这时，汉斯的手机响了。接完电话，他对我说："我的一个老朋友来了，他也是非常喜欢名贵鲜花的，你肯不肯和我们一块吃顿饭，我顺便为你们介绍一下，也算帮你拉个客户。"

我说："可以。那我先把花送回店里去吧。"

汉斯听了，有点生气："吃顿饭也就一个来小时吧，你就对我如此不放心吗？将倾城和倾国一起放在我的办公室里一小会儿你怕什么啊！再说了，吃完饭我还想带回我的这位朋友帮我看一看，如果他说倾城值这么多，我就立即给你开支票。我不在的时候，我的办公室里从来不允许任何人进入，你放心好了。"

话说到这个分上，我只好将倾城放在汉斯的办公室里，和他一起去吃饭。

我和汉斯走出房门，刚坐到车上，汉斯又走了下来。他来到我的车窗前对我说："对不起，我忘记拿信用卡了。你们两位朋友来到我这儿，总不能让你们结账吧？请稍等，我拿了信用卡就回来。"

我看着汉斯又打开房子的门，进去也就十来秒钟就出来了。

看到他很认真地锁好防盗门，我也就放了心，于是我们一块开车去吃饭。

饭吃了大约一个小时，我和汉斯及汉斯的那位朋友又回到了汉斯的办公室。

他们两人又对倾城研究了半天，他的朋友说太贵了，不值150万。

汉斯听了，就对我说："这位朋友是个鉴赏家，他说贵了点，可能就是太贵了吧？我只好先完璧归赵，买花的事过一段时间再说吧。"

其实我本不想卖倾城，听汉斯这样说，我自然没有异议，就马上将倾城拉回了花店。

拉回倾城之后，第三天，它开始没有精神，一周后，开始枯萎，我想尽了一切办法抢救，但是十来天之后，倾城还是死掉了！

贝尔听完了我的讲述，立即展开了侦破工作。

贝尔先小心地从盆中取出倾城，冲洗之后，发现倾城的根部已经腐烂了。贝尔认真化验了倾城的花、叶和根部，没有发现什么问题，他又对花盆和盆中的土进行了全面的检查和化验，也没有发现任何问题。

接着，贝尔将调查的对象转向了有关人员。

汉斯自然是最大的嫌疑人。

可是案子调查了半个多月，没有任何进展。

一天，贝尔突然对我说："案子可以结了。"

我惊喜地问："找到汉斯作案的证据了吗？"

贝尔说："没有。"

我说："可是案子明明就是汉斯作的啊，而且我敢肯定，问题就出在那十几秒的时间之内！"

贝尔说："一点也不假，案子就是汉斯作的，而且就是在那十几秒内作的。可这只能是推测，没有证据，就定不了汉斯的罪，你的损失也无法得到赔偿！"

我更加不解："天啊！这到底是怎么一回事啊！"

贝尔说："据我的推断，事情应该是这样的：让你带着倾城去他的办公室，本身就是汉斯设的一个圈套。到办公室后他又以请你和他的朋友吃饭的名义将你带出去将倾城留下。这是第一步。你们走出房门之后，他又返回，时间很短，好像什么事也做不成，只能是拿回信用卡。但就是这十来秒的时间，足够他将不少开水浇入你的花盆之中，倾城的根部被开水烫熟了，花自然就活不了了。这是第二步。倾城的根部被浇了开水之后，盆上面的花不会马上死，一个多小时后花盆也不再热，他多浇的水也早已被他的花盆架巧妙地引流走了，从表面上看不出任何破绽，于是他将倾城又'完整'地交给了你。这是第三步。十天之后，你的倾城死掉了，他的目的达到了，而我却找不到他作案的任何证据来定他的罪。这是第四步。"

我问："难道就这样让他逍遥法外吗？"

贝尔说："目前看来只能是这样。"

我不解："他这样做对他又有什么好处呢？"

贝尔说："别的我不好说，至少，倾城死掉之后，品相比倾城更好的倾国的价格会更高。不信你可以注意一下，汉斯不久就会以200万甚至300万的价格将倾国出售的。"

三代人

王波二十多岁的时候，在某局当会计。有一次他从局里拿回家两本稿纸。张局长知道这件事后，在局机关全体会上对他进行了点名批评。王波羞愧不已，认真地写了检讨，表示痛改前非，并买了两本稿纸送回局里。从此以后，直到退休，他果然没再拿过局里一针一线。

王波的儿子王军 20 多岁的时候，也在某局当会计。王军当会计时爱用公款大吃大喝，引起了大家的不满。于是，李局长便找他谈话，让他改正。王军听了，不以为然，笑了笑说："反正都是公款，领导吃鱼，也得让咱当兵的喝口鱼汤啊！"李局长听了，默默不语。从此以后，他们吃鱼的吃鱼，喝汤的喝汤，和平共处，相得益彰。

不知不觉间，几十年过去了，王军的儿子王林也长到了 20 多岁。巧合的是，王林财经大学毕业后，也分到了某局当会计。王林当会计的几年中，为局里办事常常多开发票，以次充好，还占用了局里不少高档物品。于是赵局长找王林谈话，希望他注意点影响，如果占用了公物，就让他尽快退回。

王林听明白了赵局长的话之后，连声说："好，好，我退，我退。另外，我还想提个建议，赵局长您看行不行？既然有人提到多占公物的问题，咱们不妨于明天开个局机关全体人员会议，我当场把拿到家里去的东西全退回来。再说了，这几年咱局里每年支出几百万元，我虽然都下了账，可哪一笔是干什么用的，我心里却多数是糊里糊涂的，其他人就更不知所以了，也早该按上级的要求，公开公开了。明天我把账本都抱来，谁办的事也让他按着发票向大家一件一件地说清楚，如果别的人有贪占行为，咱们也让他一块退出来，一举两得，你看这样做好不好？虽

然退东西退钱面子上不好看，可现在都兴财务公开了嘛，为了搞好咱局的廉政建设，我愿带这个好头。"

赵局长听了王林不温不火的话，心里猛地一震，但他却非常和蔼地笑了笑说："你这几年的会计工作还是干得很出色的嘛！至于小毛病，谁没有点呢，有则改之，无则加勉嘛。我提醒你一下，也是为你将来的进步着想。年轻人总要有点理想，你财经大学本科毕业，总不能就这样干一辈子会计吧。"

这次谈话之后，赵局长便积极向县里领导推荐王林，说他德才兼备，又精通经济工作，还很年轻，正可大有作为，长期在本局干会计实在是埋没了人才。

经过赵局长的不懈努力，不久，年龄还不到三十岁的王林果然取得了较大进步：到另一局走马上任，当上了副局长。

送走王林的那天晚上，赵局长美美地睡了个通宵。

走马上任的那天晚上，王林兴奋得一夜没有睡着。

真是上上下下，皆大欢喜。

按　摩

碧云天是全市最高档的洗浴中心，里面的服务生全是在校的或刚毕业的男女大学生。

杨市长每周都要去那儿洗上一两次澡，他说，放松一下身心，目的也是为了能够更好地工作。

洗浴中心的服务生都只有编号，不知姓名。

杨市长每次来碧云天洗澡，在泡完细皮嫩肉的女大学生之后，总是要点 88 号服务生给他做全身按摩。88 号虽然是个男生，但长得却像个大姑娘一样，非常好看，特别是他的按摩技术，在整个洗浴中心无人能比，每次按摩都能让杨市长进入一种飘飘欲仙的忘我境界。

那年春节前的一个晚上，杨市长带上几份高档礼品到乔省长家里汇报工作，进入客厅后却让他大吃一惊，只见乔省长正穿着睡衣眯着双眼坐在太师椅上，后面给他做头部按摩的，竟然是碧云天的 88 号！

见来了客人，88 号立即停止了按摩，转身走向了里间。

看到杨市长进来，乔省长睁开了双眼，笑了笑了说："杨市长来了啊，请坐请坐！春节快到了，这些日子事情太多，我有点劳累过度，这颈椎病又犯了，正好我外甥会按摩，我就让他给我按一下。你打电话说要过来，我就安排他们说如果你来了就让你直接进来。我以为还你得一段时间才能到呢，没有想到来得这么快。有点失礼了，请多包涵！"

杨市长听到乔省长说 88 号是他的外甥，在吃惊之余，还是有点将信将疑：天底下长得差不多的人多着呢，乔省长的外甥不至于会去洗浴中心去当服务生吧？于是杨市长试探着说："哪里哪里！快过年了，我只是来看看你，没有什么大事汇报。您说那个年轻人是你的外甥？"

乔省长说:"是啊。今年大学刚毕业。我的亲外甥!"

杨市长仍不放心,小心地问:"您的外甥在哪儿工作啊?"

乔省长说:"他刚毕业,工作的事不用急。我想让他先到最基层好好锻炼两三年,多吃一点苦,然后再想法给他安排工作,这多半年是他自己找事干呢!这阵子好像是去了你们市打工了吧?"

这还能有什么假嘛!杨市长听完,全身的汗一下子就出来了。既然88号是省长的亲外甥,那么自己在碧云天做的那些事乔省长还不都是了如指掌吗?自己竟然每周都在泡完女学生之后还让乔省长的亲外甥亲自做全身按摩!!

但杨市长毕竟是官场老手,见乔省长并不往自己在洗浴中心洗澡这事上扯,自己也很快就镇静下来:"啊,啊,您的外甥大学毕业,又这么肯吃苦,将来前途一定不可限量啊!如果您放心的话,让他跟着我两三年如何?"

乔省长说:"那好啊,那我就将我外甥交给你了啊,哈哈!对外可不要说是我的外甥哟!不然,怕影响不好。"

杨市长受宠若惊地说:"您放心,您放心,我一定把您的外甥安排好!"

回到市里之后,杨市长立即将88号调到市政府办公室工作,半年后,提拔为政府办副主任兼调研室主任,一年半后,提拔为政府办主任,不到三年,就让他到了全市最发达的县当了县长,这也是在他的权力范围内的最佳安排了。

这三年间,杨市长在开会的时候也和乔省长见过几次面,也到他家里拜访过两三次,但都没有提起88号的事。既然88号是乔省的亲外甥,自己重用88号的事,88号自然会常常和他亲舅舅汇报,这要比自己当面卖好要强得多!大家心知肚明,乔省长不说,他也就自然不会多说。

第三年的春节前,杨市长觉得自己对88号的安排乔省长应该非常满意了。于是他又特意备了几份厚礼,再次登门拜访乔省长。见了乔省长,杨市长得意地说:"你的外甥真是一个不可多得的人才啊!三年就登上了三个大台阶呢!他今年才28岁吧?!就成了全省最年轻的县长了。"

乔省长听杨市长这样说,一脸的茫然:"你这话是什么意思啊?我外甥这三年一直在我身边呀。我母亲这几年身体不是太好，我们两口子工作又太忙，所以这三年我就让我这个懂事又勤快的外甥侍候她的生活，他一直没有离开过我啊！你是答应过帮我安排他工作的事，但因为我母亲的身体离不开人，我也一直没有找你呢！"

杨市长一下子愣在了那里："这，这……"

这时候，乔省长笑了笑说："你是说你们市的那个年轻的县长啊？我还真有印象，毕竟这么年轻就当上了县长，太突出了，引人注目啊！他长得确实和我外甥一模一样，但你直接说他是我外甥，这个玩笑开得是不是也有点过了啊？"

杨市长听到乔省长的话里并没有一丝的责备，心里立即有了主意，那就索性将这个"玩笑"开得更大些："是开过了，是开过了。实在是对不起啊。我是想如果这个县长也能当您的外甥那该多好啊，这孩子可是前途无量呀！又这么像您的亲外甥，这样想着，话就说漏嘴了，请您多多原谅。不过，如果您同意，我还真能当个介绍人，让您认下这个外甥呢！"

乔省长听了，哈哈大笑："好啊，好啊！我反正又没有儿子，只有一个女儿，她也二十四五了呢！应该找个婆家了。"

杨市长一听，顿时心里乐开了花："您放心！您放心！我手底下这个县长因为事业心太强了，还真没有找对象呢。这事包给我了，包给我了！"

从省里回市的路上，杨市长坐在车后座上微笑着进入了梦乡。

在睡梦中，他不住地念叨着："88 号，好！88 号，好！你这个不知从哪旮旯里蹦出来的野种，还真是个好东西！"